長編小説

古民家みだら合宿

睦月影郎

竹書房文庫

目次

※この作品は竹書房文庫のために
書き下ろされたものです。

第一章　昭和の屋敷で初体験

1

（とんだ冬休みになったな。まあ、美女たちと一緒だから良いけど……）

藤夫は、特急列車に揺られながら思った。もちろん唯一の男だから、窓際は女性に譲り、自分は進行方向逆の通路側の席である。

向かうのは伊豆半島で、今日から半月間の合宿が始まるのである。

もうクリスマスも済んで年も押し詰まり、合宿は年を跨いで行われるのだ。

東京から熱海まで新幹線で来て、今は特急列車で南下していた。

坂巻藤夫は二十三歳、美大を出て就職浪人をしていたが、ふと応募した会社に中途採用で、何とか一ヶ月前に潜り込むことが出来た。

会社は「昭和佳人堂」という名前で、女性相手の商品を扱い、上は高級化粧品やバッグなどの小物、下は駄菓子屋の塗り絵やリリアン編み機なども販売している。

要するに、女の子が好きそうなものばかり扱っていたのだった。

創業は大正十四年、当初は佳人堂だったが、翌年元号が代わったので昭和佳人堂となった。

つまり年が明ければ創業百年となり、折しも二〇二五年は昭和百年でもあった。

それに合わせ、昭和懐古ブームも来るだろうからと、社屋は大幅な改装が行われ、レトロ仕様になる予定だ。

そんな折りだから、女性社員ばかりの中に、デザインが専門だった藤夫が採用されたのである。

だから彼はこの一ヶ月間、新社屋のデザインのアイディアや意見書などを出し、ほとんど事務仕事に専念していた。

進行方向の窓際に座るのは、創業者の血筋である、きりりとした長身美女の早乙女香織だ。

短髪のスポーツウーマンで三十五歳の独身。生年月日が昭和六十四年の一月七日だというので、昭和最後の生まれで、年が明ければ一週間で三十六の年女となる。

藤夫の隣に座っているのは、香織の姪の早乙女真菜。まだ十八歳の短大生で幼げな美少女だが、いずれ入社するので年中バイトに来ているし、冬休み中なのでこの合宿に参加していた。

そして藤夫の向かいに座っているのがＯＬの新藤史絵、二十五歳の独身。長く艶やかな黒髪をしたメガネ美女なので、何やら図書委員風である。

三人それぞれに魅力があり、まだ恋人を持った経験もない藤夫は、

（この中の、誰でもいい……）

と思うほど胸を熱くしながら、隣から漂う美少女、真菜の甘ったるい匂いに股間を疼かせていたのだった。

藤夫は中肉中背でスポーツは苦手、顔立ちはごく普通だがシャイで大人しく、今まで女性に果敢にアタックしたことはない。

それにバイト代を貯めて風俗へ行こうと何度も思ったが、結局勇気がなくて初体験すら果たしていなかった。

オナニーは日に二回三回と連続して抜かないと落ち着かないし、美女を見てもどうアタックしようかと思うより、何を思って抜こうかと考えてしまう。

だから恋に飢えているというより、性に飢えているのである。

　心の中では、活発そうな香織に手ほどきを受け、真面目そうな史絵にも手を出し、覚えたテクニックをまだ無垢だと思われる真菜に向けたいと考えているのだが、結局は妄想オナニーで終わってしまうことだろう。

　今回は、彼を含むこの四人だけでなく、あとから真菜の母親、つまり香織の姉である三十八歳の次期社長、美雪も来ることになっていた。

　昭和佳人堂は完全に女系の、早乙女一族だけで成り立ち、あとは正社員の史絵の他はパートばかりだった。

　向かうのは中伊豆の山中、すでに廃村となっている隠れ里で、そこは早乙女一族の発祥の地であった。

　早乙女家は、元は名主をしており、その大きな古民家だけは今も管理され、レトロブームにあやかり民宿の計画などもあるようだ。

　今回の合宿は、民宿化するためのテストで、藤夫たちはそこで半月間、昭和と全く同じ暮らしをするのが目的であった。

「トイレは水洗になっているわよね？　まさか、シャワー付きトイレとかないのかしら……」

「さあ、行ってみないと分からないわ」

香織が言い、真菜が答える。

二人とも一族だが、その廃村に行くのは初めてのようだった。

史絵はたまに相槌を打つだけで、あまり自分からは話さなかった。

藤夫も雑談には適当に加わったが、みな久々の遠出らしく、昼食の駅弁を食べながら車窓の風景ばかりに目を遣っていた。

「そろそろ着くわ。時間通りだから、史絵さんが迎えに来てるはずよ」

間もなく到着のアナウンスを聞くと、香織が言って立ち上がり、網棚から荷物を下ろしはじめた。

やがて列車が減速し、ホームに滑り込んでいったので四人は席を立ち、藤夫もノートパソコンや着替えの入ったリュックを背負った。

今回の合宿は、細かなレポート提出が義務づけられているのである。その代わり、正月休みを返上しての合宿だから特別手当てが出るようだった。

停車し、四人は伊東駅のホームに降り立った。

改札を抜けると、香織がスマホを出したが、連絡するまでもなく、

「ここよ、早乙女さん」

声がして、見ると駅前で一人の女性が手を振っている。

古民家の管理を任されている、麻生恵利子。確か二十八歳と聞いている。彼女は早乙女家の遠縁で、何度か上京しているので香織や真菜とは顔見知りのようだった。

恵利子は、今は廃村になった古民家のある場所から近い集落に家族と住み、すでに子持ちらしい。

「ようこそ、お疲れ様です。でも、まだまだ山奥へ行くのですけどね」

自己紹介を終えると、恵利子はにこやかに言いながら一行を駐車場へと案内した。

ぽっちゃり型で色白の人妻、しかも巨乳で、藤夫はこの恵利子にも興奮をそそられてしまった。

駐車場へ行くと、八人乗りの白いワゴンで、後部トランクに皆の荷物を入れると、恵利子が運転席、助手席に香織、後ろに真菜と史絵が並んで座り、藤夫は一番後ろに一人で座った。

そっと前のめりになると、真菜と史絵の髪の匂いを嗅ぐことが出来た。

さすがに観光地だけあり伊東駅の周辺は賑やかだったが、車を走らせて西へ向かいはじめると、次第に緑が多くなってきた。

都会と違って渋滞もなく、街の喧騒を抜けて山道の昇り坂に入ると、車は対向車もなくスムーズに進んだ。

小一時間ばかり走り、三時を回る頃には冬の短い日が傾きはじめ、車は舗装道路を外れて私道に入ったようだ。

周囲は山ばかりで、たまに人家が見えても誰も住んでいないように思われた。

そして集落があったが素通りし、どうやらそこに恵利子の家があるようだ。

さらに山奥へ入っていくと、ようやく拓（ひら）けた場所に出て、向こうに大きな門が見えてきた。

あれが江戸時代に名主をしていた早乙女家らしい。

一族は大正時代に上京して家を構え、古民家は親戚が住んでいたようだが、周囲に住む人々も村を離れ、つい二年ほど前に廃村となったようである。

周りに点在している家々はみな廃屋となっているが、早乙女家だけは管理が行き届いて、立派な佇（たたず）まいをしていた。

車が門から入って屋敷脇に停まると、一同は降り立って屋敷を見た。

一体何坪ぐらいあるのだろうか。周囲は高い黒塀に囲まれ、庭は雑草が多いが、縁側から見える池や松の木、石灯籠（いしどうろう）などの周辺は手入れされていた。

屋敷は平屋だが大きく、間数も多いようで、藤夫は全ての雨戸の開け閉めも大変だろうなと思った。

　裏には小川があるのか、軽やかなせせらぎが聞こえていた。

「さあ、どうぞ」

　恵利子が玄関を開けて言い、一同は中に入った。

　玄関も広く、文化財級の柱や梁（はり）が黒光りし、成金めいた虎の敷皮や派手な壺などは置かれていない。

　もちろん二年前まで人が住んでいたのだから、電気ガス水道は完備しているようだが、今回は昭和の生活体験の合宿なのでエアコンは使用せず、炬燵（こたつ）や石油ストーブである。

　玄関脇は応接室らしく、ソファが置かれていたので全てが和風というわけではないらしい。

「じゃ、各お部屋に案内しますので、そこに荷物を置いて下さい」

　恵利子が言い、まずは藤夫が応接室の隣の六畳間に案内された。

　隅に布団が畳まれ、石油ストーブに座卓がある。ちゃんとコンセントもあるので、スマホの充電やノートパソコンの使用は問題ない。

　彼はそこにリュックを置き、皆と一緒に各部屋を見て回った。

香織も真菜も史絵も、それぞれ六畳一間が与えられて荷物を置いた。

恵利子は事前に美雪から人数を聞いており、すでに部屋の割り振りは決まっていたようだ。

さらに恵利子は、トイレや風呂に案内してくれた。

さすがにトイレは汲み取りではないが、洗面所の奥に一段高い和式水洗が三つばかり並び、シャワー付きではないので、女性たちはやや失望したようだ。

風呂は檜造りで、浴槽も洗い場も広く、三人ばかりがいっぺんに入れそうだ。

しかし昔ながらの薪で風呂を沸かすらしい。

その裏は勝手口で、三和土には大きな木の盥と洗濯板が立てかけられている。

裏は井戸で、どうやら洗濯も手洗いが義務づけられているのだろう。

食堂に案内されると、十人ばかりが座れる大きなテーブルがあり、その横が台所になっている。

大きな冷蔵庫が据えられ、もちろん電子レンジなどはなく、ご飯もコンロで炊くようだ。

さらに囲炉裏のある部屋や、やがて来る美雪の部屋、納戸や仏間などもあり、よく磨かれた廊下を何度も曲がりくねると、藤夫は案内図でもなければ迷いそうな気がしたのだった。

「すごいわ。古くて良い雰囲気だけど、半月も我慢できるかしら」

「早く慣れることだわ。臨時ボーナスも出るのだから」

最も現代っ子の真菜が不安げに言うと、香織が気合いを入れるように答えた。

そして少し休憩してから、皆で夕食の仕度をすることになったのだった。

2

「今日だけは、私がカレーを作っておきましたので、明日からは手分けして自炊して下さいね。食材は充分にありますので」

恵利子が言い、飯釜の火を小さくし、沸かしている風呂の様子を見てから車で帰ってしまった。

やはり赤ん坊もいるので、ここへ泊まるわけにはいかないのだろう。

日が暮れ、窓から外を見ると西の空が真っ赤に染まっていた。サッシ窓などは一つもないが、それほど寒くはない。

「これで閉じ込められたわね。自転車もないから、完全なクローズド・サークルで、半月間ここから出られないわ」

香織が笑いながら言い、釜の火を止めて炊き上がったご飯を掻き回し、お櫃に移していった。

「底の方はお焦げになってるわ。洗うのは大変そうだけど、これも美味しいかも」

香織が言い、お櫃に入れられた飯を史絵と真菜が皿に盛って、カレーをかけ、藤夫は冷蔵庫から瓶ビールと、恵利子が用意してくれていたサラダなどを出してテーブルに運んだ。

仕度が調うと、四人は適当に座った。食堂にテレビなどはない。

「じゃ、まずは乾杯しましょう。半月間よろしくね」

年長の香織が言い、グラスに注いだビールを掲げた。真菜だけは未成年なので烏龍茶だ。

まずはビールで喉を潤し、ハムサラダなどを摘みながら今後の話をした。

「女子たちは交代で洗濯ね」

「あの、僕は自分の分は洗いますので」

「そうね、男子のトランクスは、やっぱり自分で洗って。でもTシャツや靴下なんかは構わないから私たちと一緒に入れていいわ」

香織が藤夫に言い、昼間は薪割りなどを任されることになった。

風呂と飯炊きは、恵利子が分かりやすいようメモを残してくれていた。

やがて深酒しないうちにビールを切り上げ、一同はカレーライスを食べはじめた。

「なんか修学旅行みたいね。怪談大会でもしたいわ」

「ダメ、やめて……」

香織が言うと、真菜が肩をすくめて言う。

真菜の笑窪（えくぼ）が実に可憐（かれん）だが、生まれて初めて向かい合わせで三人もの美女との食事に藤夫は緊張し、味もよく分からなかった。とにかく、喉に詰めて咳き込んだりしないよう注意するのが精一杯だった。

「大丈夫よ、ここは別に心霊スポットじゃないし」

「途中、雰囲気のある廃屋も多かったですね」

史絵も話に乗ってきた。

読書家らしい彼女はミステリーや不思議な話が好きなのかも知れない。あるいは、ここで事件などが起きるのを期待しているのだろうか。

「まあ、この屋敷以外はいつ崩れるか分からないので危険だわ。やはり出ない方が良いわね」

香織が言うと、ようやく真菜も安心したようだった。

「私たち三人が、順々に食事の仕度をするので、坂巻君は洗い物をしてくれる？」

「分かりました」

「トイレは、気がついたら各自でするのがいいわね」

香織が仕切り、やがて食事を終えたので藤夫が洗い物をした。一応、古風な瞬間湯沸かし器は設置されている。

藤夫は、三人が使ったスプーンを舐めたかったが、どうせカレーの味しかしないだろう。

やがて藤夫は洗い物を終えた。お釜のお焦げだけは水に浸けたままにし、明朝洗えば良いだろう。

雨戸は、全て閉めることはしなかった。私有地のここらに来る人はいないし、ハイキングコースからもだいぶ離れている。

「まあ、昭和体験で良かった。これが江戸体験だったら大変だわ」

香織が言い、明るい電灯を見上げてからガス栓を締めた。

湯加減を見るため最年少の真菜が一番風呂に入り、次に史絵が入った。

香織は台所でウイスキーを見つけ、ロックで飲みはじめているので風呂はあとで良いと言う。

だから史絵が出ると、藤夫が風呂に入った。

見ると勝手口の三和土に置かれた盥に、真菜と史絵の洗い物が入れられている。

まだ水は張られていない。

藤夫は思わず手に取り、裏返して嗅いでしまった。

どちらがどちらのものか分からないが、両方とも目立つシミはなく、濡れた恥毛も見当たらないが、柔らかな繊維の隅々に沁み込んだ濃厚なチーズ臭に激しく勃起してしまった。

（ああ、これが女の匂い……）

藤夫は激しく胸を高鳴らせ、真菜や史絵の顔を思い浮かべながら匂いを貪った。

匂いは微妙に違うが、どちらも汗とオシッコの成分だろう。

ソックスの爪先やブラウスの腋も念入りに嗅ぎ、やがて藤夫は盥に自分のシャツと靴下も入れておいた。

そして全裸になり、手早く歯磨きをした。洗面所には、皆が持ち寄った歯ブラシが並んでいる。順々に嗅いだが特に匂いはなく、彼はトランクスだけ持って広い浴室に入った。

中には、真菜や史絵の甘ったるい匂いが残り、勃起が治まらなかった。

シャンプーやリンスなどは現代のものと同じだが、ボディソープなどはなく石鹸なので、置かれているアカスリやヘチマで泡立てなければならない。

とにかく手早く髪と体を洗ってから放尿し、ついでにトランクスも洗い、二人が浸かった湯船に身を沈めた。

何やら二人に包まれているようで、彼はうっとりしてきた。

そして洗い場で手早くオナニーしてしまおうかと思ったが、あまり長いと怪しまれそうな気がする。

やがて充分に温まって風呂を出ると、身体を拭いて新たなトランクスとシャツを着て、さらに動きやすいように持ってきたジャージ上下に身を包んだ。

洗って湿ったトランクスを持って少し迷いながら部屋に戻り、ハンガーに吊した。

(どうしようか、まだ八時だ……)

藤夫は迷ったが、リビングでテレビを点けるのも気が引ける。すでに史絵と真菜は部屋に引き上げ、今日のレポートでも書いてすぐ寝るのだろう。

とにかく布団を敷き、スマホのメールチェックだけしたが、誰からの着信も来ていなかった。

湯上がりだし、今夜はそれほど冷えないので石油ストーブに火は点けなかった。

やはり、ここは女性たちを思い、一回抜いて寝るべきだろう。座卓にはティッシュの箱も置かれている。

すると、そのとき襖がノックされ、香織が顔を出したのである。

「少し付き合って」

彼女が言い、手には氷の器と二つのグラス、ウイスキーの瓶を抱えている。

「ええ、まだ寝るのは早いですからね」

藤夫は歓迎し、受け取った瓶とグラスを座卓に置いた。オナニーする前で良かったと思いつつ、彼が布団に座ると、香織は座椅子に腰を下ろし、藤夫の分のロックも作ってくれた。

「じゃ、乾杯」

今度はグラスを合わせて飲み、彼女はポケットからツマミのクラッカーを出した。

「坂巻君は、彼女いるの？」

香織が、車内では出さなかった話題を口にした。

「いえ、今までいたことはないんです。美大生なんて、みんな軽くて奔放だと思われるだろうけど、僕は全く良いことがありませんでした」

「まあ、じゃ童貞？」

先に飲んでいた香織は、ほんのり頬を染めて大胆に訊いてきた。

「ええ、ファーストキスもまだなんです」

「もう二十三なのに？　昭和なら、そんな子もいたんだろうけど」

香織は驚いて言い、急に目をキラキラさせて彼に向き直った。

「ね、私が頂いちゃってもいい？」

悪戯っぽい眼差しを向ける香織に言われ、藤夫は驚きつつも、勢い込んで激しく頷いていた。

「お、お願いします……」

「いいわ。私、童貞って初めてなの。オナニーはしているの？」

美女の口からオナニーという言葉が出ると胸が高鳴り、さっきの風呂場での興奮も甦って、股間が痛いほど突っ張ってきた。

「日に二回か三回、今も、これからしようかなと思っていたところなんです」

「そう、多いわね。何を思って？　ネットでヌードを見たり？」

「妄想が多いです。今日も、みんなの顔を思い浮かべながら抜こうかなと」

ほろ酔いと興奮で、彼も普段女性に言えないようなことを言った。

「そう、誰が好み？」

「もちろん、香織さんに教わりたいなと思って」

「無垢な割りには口が上手いわね。でも、確かに私が最年長だし、昭和最後の女に手ほどきを受けるのも、ここに相応しいかも」

香織は言うなりグラスを置き、手早く服を脱ぎはじめたのだった。

3

「さあ、君も早く脱いで」

香織が、見る見る小麦色の肌を露わにし、甘ったるい匂いを揺らめかせながら藤夫に言った。

そう、香織だけはまだ入浴前なのだ。

藤夫は期待と興奮に胸を高鳴らせ、手早くジャージ上下にシャツ、トランクスまで脱ぎ去ってしまった。

「まあ、すごい勃ってるわ。ずいぶん溜まっているようね」

香織がペニスを見て言い、自分も最後の一枚まで脱ぎ去ると、彼を押しやって布団に仰向(あおむ)けにさせた。

ボーイッシュな香織の肢体は引き締まり、確か大学時代は水泳の選手で、今もたまにプールに通っているということだが、彼は興奮のあまりよく観察することが出来なかった。

「近くでよく見たいわ」

香織は言って屈み込み、藤夫を大股開きにさせ、その真ん中に腹這いになって顔を迫らせてきた。

しかも彼の両脚を浮かせ、尻の谷間に鼻先を寄せてきたのである。

「ああ……」

藤夫は羞恥と興奮に声を洩(も)らした。

何しろ生まれて初めて、美女にペニスから陰嚢(いんのう)、肛門まで近々と見られているのである。

しかも息がかかるほど迫ると、何と香織は舌を伸ばし、彼の肛門をチロチロと舐めはじめたのだった。熱い鼻息が陰嚢をくすぐり、肛門の襞(ひだ)が舌に濡らされ、さらにヌルッと潜り込んできた。

「あう……！」

藤夫は妖しい快感に呻き、キュッと肛門で美女の舌先を締め付けた。

香織が中で舌を蠢かすたびに、内側から刺激されるように勃起したペニスがヒクつき、先端から粘液が滲んできた。

香織の舌は長く、出し入れするように動かされると、何やら美女の舌に犯されているようだ。

ようやく脚が下ろされ、香織が舌を引き離すと、すかさず鼻先にある陰嚢にしゃぶり付かれた。

ここも妖しい快感があった。二つの睾丸が舌に転がされ、たまにチュッと吸い付かれると、彼はウッと息を呑んで思わず腰を浮かせた。

やがて袋全体が生温かな唾液にまみれると、香織は前進し、とうとう屹立した肉棒の裏側をゆっくり舐め上げてきたのだ。

滑らかな舌が先端まで来ると、彼女は震える幹に指を添え、粘液の滲む尿道口を舐め回し、張り詰めた亀頭にしゃぶり付いてきた。

「ああ……、気持ちいい……」

藤夫は激しい快感に喘いだ。何しろキスも知らない童貞が、いきなり股間の前も後ろも舐められているのである。そのまま香織は丸く開いた口で、モグモグとたぐるように喉の奥まで深々と呑み込んでいった。

薄寒い室内で、快感の中心部だけが温かく快適に濡れた口腔に包まれたのである。

香織は幹を締め付けて吸い、熱い鼻息で恥毛をそよがせ、口の中ではクチュクチュと満遍なく舌がからみついてきた。

たちまち彼自身は清らかな唾液にまみれ、ヒクヒクと快感に震えた。

さらに香織は顔を小刻みに上下させ、濡れた口でスポスポとリズミカルな摩擦を開始した。

「い、いきそう……！」

たちまち絶頂が迫ると、藤夫は警告を発するように口走り、暴発を堪えて懸命に奥歯と肛門を引き締めた。

しかし、香織は濃厚な愛撫を繰り返しながらチラと彼の顔を見上げ、一向に摩擦を止めようとしなかったのだ。

「いく……、アアッ……！」

とうとう我慢できず、藤夫は昇り詰めて声を洩らした。

同時に、熱い大量のザーメンがドクンドクンと勢いよくほとばしり、香織の喉の奥を直撃した。まるで、パニックを起こしたザーメンが出口を求めてひしめき合うようだった。

そういえば昨夜は、合宿の準備と緊張でオナニーしていなかったから、相当に溜まっていたのである。

「ク……、ンン……」

噴出を受け止めながら香織は小さく呻き、それでも噎せることなく、なおも吸引と摩擦、舌の蠢きを続行してくれた。

何という快感であろうか。初めて女性に触れたと思ったら、いきなり口内発射してしまったのである。

しかも美女の清潔な口を汚すという、申し訳ないような禁断の思いも、今は全て快感となっていた。藤夫は何度も脈打たせ、心置きなく最後の一滴まで出し尽くしてしまった。

「アア……」

藤夫は声を洩らし、深い満足の中でグッタリと身を投げ出した。

すると香織も動きを止め、亀頭を含んだまま、口に溜まった大量のザーメンをゴクリと一息に飲み干してくれたのだ。

「あう……」

喉が鳴ると同時にキュッと口腔が締まり、彼は駄目押しの快感に呻いた。

ようやく香織がスポンと口を離し、なおも余りを絞るように指で幹をしごき、尿道口に脹(ふく)らむ白濁の雫(しずく)までペロペロと舐め取ってくれたのだった。

「く……、も、もう……」

藤夫は呻き、ヒクヒクと過敏に幹を震わせながら降参するように腰をよじった。

香織も舌を引っ込め、彼に添い寝してきた。

「童貞のザーメン飲んじゃったわ。湯上がりの匂いで初々(ういうい)しかった」

香織が囁(ささや)くので、彼は甘えるように腕枕してもらった。

すると目の前で形良い乳房が息づき、腋の下からは生ぬるく甘ったるい匂いが漂ってきた。

「いいわ、回復するまで好きにして。どうせあの二人は寝ちゃっただろうし、起きてもここへ来ることはないから」

香織が言う。

確かに、真菜や史絵の部屋はここから遠いし、声を出しても聞かれるようなことはないだろう。

藤夫は余韻に浸る余裕もなく、興奮に身を任せると、吸い寄せられるように目の前の乳首にチュッと吸い付いていった。

「ああ……」

香織が声を洩らし、受け身体勢を取るように仰向けになると、彼も上からのしかかっていった。藤夫は左右の乳首を交互に含み、顔中を押し付けて柔らかな膨らみを感じながら舐め回した。

そして両の乳首を充分に味わうと、彼は匂いを求めて香織の腕を差し上げ、スベスベの腋の下に鼻を埋め込んでいった。

湿り気を嗅ぐと、何とも甘ったるい汗の匂いが生ぬるく鼻腔を満たしてきた。

「あう、くすぐったいわ。汗臭いでしょう、いいの？」

香織がクネクネと身悶えながら言い、藤夫は答える代わりに嬉々として美女の体臭を嗅ぎ、滑らかな腋に舌を這わせた。

そして胸を満たすと、彼は肌を舐め降りていった。

形良い臍(へそ)を舌で探り、張り詰めた下腹に耳を当てると、弾力とともに微かな消化音が聞こえてきた。

そう、妄想や夢まぼろしではなく、生きた女性を相手にしているのだ。

藤夫はまだ憧れの股間には向かわず、腰のラインからスラリとした脚を舐め降りていった。

　せっかく好きにして良いといわれているのだし、射精したばかりなのだから、この際隅々まで女体を観察したかったのだ。

　もちろん僅かの間に彼自身はピンピンに回復しているが、やはり女体の探求が先であった。引き締まったスベスベの脚を舐め降りると、藤夫は足首から足裏へと回り込んでいった。

　足裏に舌を這わせ、形良く揃った足指の間に鼻を押し付けて嗅ぐと、そこはジットリと汗と脂（あぶら）に湿り、ムレムレの匂いが濃く沁み付いて鼻腔が刺激された。

　彼は存分に蒸れた匂いを貪ってから、爪先にしゃぶり付いて順々に指の股に舌を割り込ませて味わいはじめた。

4

「あう、汚いのに……」

　香織がビクリと反応して呻き、それでも拒みはせず好きにさせてくれた。

　藤夫は両足とも、全ての味と匂いを貪ってから、いよいよ彼女の股を開かせ、脚の内側を舐め上げていった。

ムッチリと張り詰めた内腿を舌でたどり、とうとう熱気と湿り気の籠(こ)もる股間に迫った。

見ると股間の丘には柔らかそうな恥毛が煙り、割れ目が蜜にまみれている。

茂みが薄いと思ったが、水着のため手入れしているのだろう。

そっと指を割れ目に当て、左右に陰唇を広げると中身が丸見えになった。

膣口は花弁状に襞が入り組んで息づき、その上にポツンとした尿道口らしき小穴も確認できた。

そして包皮の下からは、小指の先ほどのクリトリスが真珠色の光沢を放ち、愛撫を待つようにツンと突き立っていた。

今まで何度かネットの裏動画で女性器を見たことはあるが、香織の割れ目はどれより艶(なま)めかしく、やはり生身は格別であった。

「アア、そんなに見ないで……」

香織が股間に彼の熱い視線と息を感じて言い、白い下腹をヒクヒクと波打たせた。

もう堪らず、藤夫は彼女の股間に顔を埋め込んでいった。

柔らかな茂みに鼻を擦りつけて嗅ぐと、蒸れて甘ったるい汗の匂いに、オシッコの匂いも微かに混じって鼻腔が掻き回された。

胸を満たしながら舌を挿し入れ、膣口の襞をクチュクチュ掻き回すと、ヌメリは淡い酸味が感じられた。

そのまま舌で愛液を掬い取り、味わうようにゆっくりクリトリスまで舐め上げていくと、

「アアッ……、い、いい気持ち……！」

香織がビクッと顔を仰け反らせて熱く喘ぎ、内腿でキュッときつく彼の両頬を挟み付けてきた。

藤夫がチロチロと舌先で弾くようにクリトリスを舐め回すと、愛液の量が格段に増し、顔を挟む内腿に力を込めた。

彼は、自分のような未熟な愛撫で、一回りも年上の大人の女性が喘ぐのが嬉しく、もう緊張や気後れはなく積極的に愛撫しようと思った。

やがて味と匂いを堪能すると、藤夫は香織の両脚を浮かせ、自分がされたように形良い尻の谷間に迫った。

彼女も厭わず、浮かせた脚を両手で抱えて尻を突き出している。

指で谷間を広げると、奥には薄桃色の蕾がひっそり閉じられていた。

単なる排泄器官なのに、それは実に清らかで美しく見えた。

しげしげと観察し、可憐な形状を瞼(まぶた)に焼き付けてから蕾に鼻を埋め込むと、顔中に弾力ある双丘が密着してきた。

嗅ぐと、蒸れた汗の匂いが悩ましく鼻腔を満たしてきた。

恐らく今朝、彼女は東京の自宅でシャワー付きトイレを使用したのだろう。

だが明日からは、それもない昭和の古民家で用を足さないとならないのだ。

そうなると、今後の自然のままの匂いにも期待できそうである。

そんなことを思いながら藤夫は匂いを貪り、舌を這わせて細かな襞を濡らし、ヌルッと潜り込ませて滑らかな粘膜を探った。

「あう……」

香織が呻き、キュッと肛門で舌先を締め付けてきた。

藤夫は舌を蠢かせ、微かに甘苦い粘膜を味わうと、鼻先にある割れ目からはさらに大量の愛液がトロトロと垂れてきた。

ようやく脚を下ろし、藤夫は蕾から舌を引き離すと、そのままヌメリを舐め取って再びクリトリスに吸い付いていった。

「アア……、入れて……」

するると香織が、声を震わせてせがんできた。

藤夫も身を起こし、股間を進めていった。

もちろんペニスは、さっきの射精などなかったかのようにピンピンに屹立し、彼は急角度の幹に指を添え、下向きにさせて先端を割れ目に押し当てた。

そしてヌメリを与えるように擦りつけながら位置を探ると、

「もう少し下……、そう、そこよ、来て……」

香織が言い、僅かに腰を浮かせて誘導してくれた。

藤夫が突き入れると、張り詰めた亀頭がいきなりヌルッと潜り込んだ。

「あう、そのまま奥まで……」

香織が眉をひそめて呻き、藤夫もヌメリに合わせてヌルヌルッと滑らかに根元まで押し込んでしまった。

肉襞の摩擦と締め付け、潤いと温もりに包まれ、彼は口に含まれたとき以上の快感に包まれた。もしさっき彼女の口に出していなかったら、挿入の感触だけであっという間に果てていたことだろう。

それほど、女体と一つになるというのは絶大な心地よさだったのだ。

(とうとう、童貞を捨てたんだ……)

藤夫は感激と興奮の中で思い、膣内の温もりと感触を嚙み締めた。

香織が両手を回し、抱き寄せてきたので彼も抜けないよう片方ずつ脚を伸ばし、身を重ねていった。

香織がしがみつくと、彼の胸の下で形良い乳房が心地よく押し潰れて弾んだ。

「突いて、前後に何度も強く……」

言われて、藤夫はぎこちなく腰を突き動かしはじめた。

溢れる愛液で、たちまち律動が滑らかになり、ピチャクチャと淫らに湿った摩擦音が聞こえてきた。

「アア……、もっと……！」

香織が熱く喘ぎながら、下からもズンズンと股間を突き上げてきた。

それはまるでブリッジするように激しいもので、彼は必死に動きを合わせたが、やはりリズムと角度が合わなかったか、途中でツルッと抜けてしまった。

「ああ、落ち着いて……、じゃ、私が上になるわね……」

快楽を中断された香織が言い、身を起こしてきたので藤夫も入れ替わりに仰向けになった。

ペニスは、上手くいかなかったことで責任を感じたように項垂れはじめていたが、香織が屈み込んで亀頭を含み、吸い付きながらクチュクチュと舐めてくれた。

「ああ……」

藤夫は、受け身になると快感が甦って喘いだ。

香織は、自分の愛液にまみれているのも厭わずしゃぶり、やがて元の硬さと大きさを取り戻すと、口を離して身を起こした。

前進してペニスに跨がると、香織は先端を割れ目に当て、ヌルヌルッと再び滑らかに根元まで受け入れていった。

「アア、奥まで感じるわ……」

香織が顔を仰け反らせて喘ぎ、味わうようにキュッキュッと締め上げてきた。

そして彼の胸に手を当て、スクワットするように脚をM字にさせ、リズミカルに腰を上下させてきたのである。

「ああ、気持ちいい……」

藤夫も快感に喘ぎ、ズンズンと股間を突き上げたが、今度は仰向けのため腰が安定し、少々動いても抜ける心配はなさそうだった。

やがて香織が身を重ね、上からピッタリと唇を重ねてきた。

これが藤夫にとってのファーストキスだが、互いの全てを舐め合い、一つになってからキスするのも実に乙なものだった。

香織の舌が潜り込むと、彼もチロチロとからみ合わせた。

彼女の熱い鼻息が鼻腔を湿らせ、滑らかに蠢く舌は温かな唾液に濡れて実に美味しかった。

次第に互いの動きが一致してくると、恥毛が擦れ合い、コリコリする恥骨の膨らみも伝わってきた。

「ああ、いきそうよ……」

香織が口を離し、淫らに唾液の糸を引きながら喘いだ。確かに、潤いと収縮が増しているので絶頂が迫っているのだろう。

「中に出して構わないからね、でも、もう少し我慢して……」

香織が近々と顔を寄せ、大きな波を待つように囁いた。どうやらピルでも飲んでいるのだろう。

熱く湿り気ある吐息はシナモンに似た匂いがし、それにアルコールの香気と夕食の名残の刺激も悩ましく入り交じって鼻腔が掻き回された。

美女の吐息を嗅いで胸を満たすと、さらに興奮と快感が増し、藤夫は激しく股間を突き上げ続けた。

セーブしようにも、あまりの快感に突き上げが止まらなくなっていた。

とうとう藤夫は二度目の絶頂に達してしまい、

「い、いく……！」

快感に全身を貫かれて口走り、ありったけのザーメンをドクンドクンと勢いよくほとばしらせてしまったのだった。

5

「あう、感じるわ、いく……、アアーッ……！」

奥深い部分にザーメンの直撃を感じた途端、香織も続いて声を上げ、ガクガクと狂おしい痙攣（けいれん）を開始した。

オルガスムスで収縮が強まると、藤夫は吸い込まれていくような快感に包まれた。

そのまま動き続け、心ゆくまで童貞を捨てた感激を噛み締め、最後の一滴まで出し尽くしていった。

「ああ……」

藤夫はすっかり満足しながら声を洩らし、徐々に突き上げを弱め、グッタリと力を抜いて身を投げ出した。

するとと香織も肌の強ばりを解き、遠慮なくのしかかって体重を預けてきた。

互いの動きは止まっても、まだ膣内は名残惜しげな収縮が繰り返され、中で過敏になったペニスがヒクヒクと跳ね上がった。

「あう、まだ動いてるわ……」

香織が言い、やはり敏感になっているようにキュッと締め上げてきた。

藤夫は重みと温もりを受け止め、香織の吐き出す熱いシナモン臭の息を嗅ぎながらうっとりと余韻に浸り込んでいった。

重なったまま荒い呼吸を整えると、

「じゃ、お風呂に行きましょう」

香織が言って、そろそろと身を起こして股間を離した。

互いにティッシュで軽く股間を拭ってから、藤夫も起き上がり、互いに服だけ持つと全裸のまま部屋を出た。

「こっちだったかな……」

暗い廊下で香織も迷いながら言い、何とか二人で脱衣所に行った。

幸い、真菜や史絵の部屋の前は通らず、二人もすでに眠っているようである。

香織は下着を盥に入れ、自分の歯ブラシを持って風呂場に入った。

互いに湯を汲んで身体を流すと、彼女は湯船に浸かって歯ブラシを手にした。

「あ、歯磨き粉は付けないで」

思わず藤夫は言っていた。

「どうして？」

「ハッカより、自然のままの匂いが好きだから」

「まあ、もう回復しているの。もう一回したいのね。すごいわ」

香織は鎌首を持ち上げはじめたペニスを見て、呆れたように言いながらも、言われた通り歯磨き粉を付けず、そのまま歯磨きをはじめた。

浴槽が広いので、藤夫も一緒に浸かると、完全に彼自身は最大限に膨張していた。

何しろ二十三年間、女体に触れたことがなかったのだ。

今も、脂が乗って湯を弾く、ピンクに染まる香織の肌が色っぽくて、もう一回射精しなければ落ち着いて眠れそうになかった。

やがて歯磨きを終えた香織が湯船から身を乗り出し、歯垢混じりの唾液を吐き出そうとしたが、

「飲みたい」

藤夫は言って唇を重ね、吸い付いていった。

香織は微かに眉をひそめながら、口に溜まった唾液をトロトロと注ぎ込んでくれ、彼は温かく小泡の多い粘液をうっとりと味わって喉を潤した。

そして藤夫は湯から上がり、カランから水を出して手のひらに受け、彼女の口を漱がせてやった。

含んだ水を吐き出し、ようやく香織もさっぱりしたようだった。

「息を嗅ぎたい」

藤夫は言って顔を寄せ、香織の口に鼻を当てると、彼女も口を開いて熱い息を吐きかけてくれた。淡いシナモン臭が悩ましく鼻腔を満たし、うっとりと胸に沁み込んできた。

「ああ、匂いが薄れちゃった」

「濃い匂いが好きなの？　そういえば、お風呂に入ってもいない私の前も後ろも、足の指まで舐めてくれたわね」

「女性の味も匂いも初めてのことだから」

「そう、ずっと知りたかったのね」

香織は言い、自分も湯から上がってきた。

「ね、ここに立って、足をこうして」

藤夫はバスマットに座ったまま言い、目の前に香織を立たせると、片方の足を浮かせて浴槽のふちに乗せさせた。そして開いた股間に顔を埋めると、すっかり悩ましい匂いも薄れてしまっていた。

「どうするの？」

「オシッコ出して」

「まあ、そんなこともしてみたいの……」

言うと香織は驚いたように答えたが、好奇心が湧いたか、拒まずに息を詰め、下腹に力を入れて尿意を高めはじめてくれた。

舐めていると、やがて割れ目内部の柔肉が迫（せ）り出すように盛り上がり、味と温もりが変化してきたのだ。

「あう、出るわ……」

香織が息を詰めて言うなり、チョロチョロと熱い流れがほとばしってきた。

藤夫は激しく胸を高鳴らせながら、口に受け止めて味わい、少しだけ喉に流し込んでみた。

すると、味も匂いも淡く、それは薄めた桜湯のように清らかなので、続けざまに飲み込むことが出来た。

勢いが増すと口から溢れた分が温かく肌を伝いながら、すっかり回復したペニスが心地よく浸された。

「アア……、変態ね……」

香織は息を弾ませて言いながら、ゆるゆると放尿を続けた。

やがて勢いが弱まると間もなく流れが治まり、藤夫は残り香の中、余りの雫をすって割れ目内部を舐め回した。すると新たに溢れる愛液の淡い酸味が、残尿を洗い流して満ちていった。

ようやく口を離すと、香織も足を下ろして木の椅子に座り、湯を汲んで体を洗い流した。

「どうする？　ここでする？」

香織が訊いてくる。また彼の部屋に戻るのは面倒だし、風呂場を出れば別々の部屋へ戻るのである。

「ええ……」

「でも、もう一回したら明日起きられなくなりそう。お口か指でもいいかしら」

「それでいいです」

彼は答え、香織の足を引き寄せ、ペニスを足裏で挟んでもらった。

「ふふ、こう？」

香織も足裏の感触が新鮮だったのか、笑みを含んで言いながら両足の裏でペニスを揉んでくれた。

両足の裏で挟むから、脚が蛙のように菱形に開き、その姿も艶めかしかった。

「ああ、気持ちいい……」

高まりながら彼は喘ぎ、やがてバスマットに横になった。すると香織も添い寝し、今度は手の指で幹をしごきながら唇を重ねてくれた。

舌をからめると、香織も彼の好みが分かってきたように、トロトロと唾液を注ぎながら、指の愛撫を続けてくれた。

「い、いきそう……」

美女の唾液と吐息に酔いしれながら言うと、

「じゃ、またお口に出すといいわ」

香織が言って亀頭を含んでくれたので、藤夫も彼女の下半身を引き寄せ、顔を跨いでもらった。女上位のシックスナインになると、深々と含む香織の鼻息が陰嚢をくすぐった。

彼も下から香織の腰を抱き寄せ、クリトリスを舐め回した。

「ダメ、集中できないわ」

香織が口を離して言うので、仕方なく藤夫も舌を引っ込め、割れ目と肛門を見上げるだけにした。

すると香織も再び含み、顔を上下させスポスポとリズミカルな摩擦を開始してくれた。藤夫もズンズンと股間を突き上げ、激しい快感に高まりながら、急激に絶頂が迫ってきた。

すると彼の高まりが伝わったように、何も触れていないのに割れ目からツツーッと愛液が糸を引いて垂れてきた。

それを口に受け止めた瞬間、藤夫は激しく昇り詰めていた。

「い、いく、気持ちいい……！」

彼は快感に口走り、まだ残っていたかと思えるほど大量のザーメンをドクンドクンと勢いよくほとばしらせた。

すると香織が噴出を受けながら、チューッと強く吸ってくれたのだ。

「あうう、すごい……」

何やら陰嚢から直（じか）に吸い出され、魂まで取られそうな快感に藤夫は腰をよじって呻いた。

藤夫は心置きなく最後の一滴まで出し尽くし、すっかり満足しながら力を抜いて、身を投げ出していった。

香織も摩擦を止め、またゴクリと飲み込んでくれた。

「あう……」

藤夫は締まる口腔の刺激に、駄目押しの快感を得て呻いた。

とうとう香織は、藤夫の童貞のザーメンと、初体験後のザーメンの両方を飲み干してくれたのだった……。

第二章　メガネ美女の好奇心

1

（あ、もう朝か……）

翌朝、藤夫が目覚まし時計の音で目を覚ますと、六時半だった。他の部屋からも、目覚まし時計の音が鳴っているのが聞こえてくる。

年末年始とはいえ、休暇で来ているわけではないので、起床は六時半と決められているから従わなければならない。

（そう、ゆうべは香織さんを相手に、三回も射精したんだった……）

藤夫は起きながら、昨夜のことを振り返った。

とうとう年上の美女と、憧れの初体験をしたのである。

夢でない証拠に、香織の肌の感触や匂いが全身に残っているようだった。

とにかくジャージを着てカーテンを開けると、まだ日は昇っていないが、今日も良く晴れそうに東の空が明るくなっていた。

部屋を出て、彼はトイレに入った。

和式水洗で、一段高いのは男の小用のためだ。

まだ彼女たちは部屋から出てこない。やはり女性は、着替えやら化粧などに時間がかかるのだろう。

その隙に、藤夫は小用ではなくしゃがみ込んで手早く大小の用を足した。

彼は、毎朝一番に大小を済ませる習慣なのである。

しゃがみ込んでするのも疲れるが、これも昭和の体験なのだから我慢しないとならない。

大小を済ませてトイレットペーパーで拭いたが、やはりシャワー付きトイレで尻を洗いたい衝動に駆られた。

と、隣室に誰かが入ってきたようだ。耳を澄ませると、可憐なせせらぎが聞こえてきた。

とにかく隠れて聞いていても仕方がないので、彼は水を流してトイレを出た。

台所に行くと、香織と史絵がいたので、あのせせらぎは美少女の真菜のようで、彼女のしゃがんだ姿を思い浮かべると股間が熱くなった。

「おはようございます」

藤夫が挨拶すると、二人もにこやかに答えた。

香織の顔が眩しかったが、もちろん彼女は何事もないふうを装っている。

そのまま藤夫は洗面所へ行って歯磨きをし、顔を洗って台所へ戻ると、もう三人も順々にトイレを済ませたらしく、朝食の仕度をしていた。

真菜は、トイレの音を藤夫に聞かれたことを察したようにモジモジしている。

今日はみな藤夫のように動きやすいジャージ姿になっており、何やら体育会系の合宿のようだった。

間もなく日も昇り、合宿の第一日目が始まった。

朝食は昨夜の余りのカレーにトースト、飲み物はジュースでも烏龍茶でも自由なので藤夫は牛乳にした。

「今夜は豚汁にしましょうね。囲炉裏があるから」

「そうね、せっかく古民家に来てるんだから、囲炉裏を囲みましょう」

「じゃ、夜は熱燗だわね」

女性三人が口々に言い、やがて朝食を終えると、藤夫は台所で洗い物をした。浸けておいたお釜も綺麗に洗い、女性たちは、洗濯と風呂掃除を分担しはじめたようだ。

管理人の恵利子は今日は来ず、食材が減った頃に来るらしい。

洗い物を済ませると、藤夫は裏庭に出て薪割りをした。運動は苦手だが、よく乾いた木切れや枝を鉈（なた）で気持ち良く割ることが出来た。

すると史絵が出てきて、裏庭の物干し竿に洗濯物を干しはじめた。

いかにも文化系というメガネ美女の、赤いジャージ姿も新鮮である。

大人しめの史絵だが、それでも藤夫より二歳上なので、真菜以外はみんなお姉さんである。

すると、何かと史絵がチラチラと藤夫の方を見るのだった。

「僕が、どうかしましたか？」

彼が言うと、史絵はチラと他の女性がいないのを確認してから近づいてきた。

「ゆうべ、覗いてしまったのよ」

「え？　何を？」

「あなたが、香織さんとエッチしているところを」

「うわ……」

藤夫は驚き、否定する余裕もなく目を丸くしてしまった。

確かに、洋風のドアと違い、襖だと僅かに隙間を開けて覗けるだろう。

「実は、お話があって坂巻君の部屋に行こうとしたら、先に香織さんが入っていったので」

史絵が、レンズ越しにじっと藤夫を見つめて囁く。

「そ、そう……、じゃ今夜来て。香織さんも、昨日の今日は来ないだろうから」

「ええ、分かったわ」

「あの、一つお願いが」

「なに」

「入浴は、寝しなにして」

藤夫は妖しい期待に、思わず願望を口にしてしまった。もちろん史絵の用事は、艶めかしいことでなければ、それはそれで仕方がない。

「どういうことか分からないけど、じゃそうするわ。寝しなの方が楽だから」

史絵は言い、やがて洗濯物を干し終えると勝手口から中に入ってしまった。

(今夜は、史絵さんと何かあるんだろうか……)

藤夫は股間を熱くさせて思い、やがて薪割りを終えたのだった。

みな作業の合間には、部屋に戻って少しずつレポートを書き進めているようだ。

昼食は自由で、パンでもうどんでも好きなものが選べるが、電子レンジを使う冷凍食品は置いていない。藤夫は、卵入りチキンラーメンにした。

午後は掃除をしたり、庭の草むしりなど体を使うことが多いので、早めに風呂を沸かし、女性たちは飯を炊いて豚汁の仕度をした。

恵利子のメモの通りにして、慣れない風呂の焚き付けもお釜でのご飯炊きも何とか上手くいっているようだ。

「疲れたわね」

「早くお風呂入りたいし、おなかも空いたわ」

みなが口々に言う。日頃から家事などとは縁がなかったのだろう。まして昭和方式など初めてのことに違いない。

年末も押し詰まって冷えてきたというのに、彼女たちとすれ違うと、ジャージに沁み込んだ甘ったるい汗の匂いが悩ましく藤夫の鼻腔を刺激してきた。

そして待ち切れないように日が傾くと作業を終え、香織と真菜が順々に入浴し、藤夫も二人の混じり合った残り香の中で身体を流したのだった。

囲炉裏に火を起こし、豚汁の入った鍋を吊るし、香織が熱燗を用意した。お櫃と食器も持ってきて、四人は囲炉裏を囲んで座った。

「わあ、いい雰囲気だわ」

香織が言い、みなの盃に酒を注いだ。

一杯だけということで、真菜も少しだけ飲み、あとは烏龍茶にした。

豚汁もよく煮込まれて美味(うま)く、酒も進んだが、藤夫は今夜史絵と何があるか分からないので、なるべく深酒は控えることにした。元々飲む習慣などないし、それほど強くもないのである。

香織は実に酒が強く、疲れもあってだいぶ酔ってきたようだ。

やがて食事を終えると、囲炉裏の火も灰を被せて消した。

「酔っただろうから、洗い物は朝でもいいのよ」

香織が藤夫に言い、酔いに上機嫌で部屋へ引き上げていった。

それでも藤夫は洗い物をし、真菜と史絵も手伝ってくれた。

やがて全て終え、藤夫は急いでトイレと歯磨きを済ませ、火の元を確認して灯りを消すと、真菜が部屋へ戻っていった。

「じゃ、このまま行っていいかしら」

史絵が囁き、藤夫も頷いて一緒に彼の部屋に入った。

敷かれたままの布団に、二人は膝を突き合わせて座ると、藤夫は期待と興奮に股間が突っ張ってきた。

「それで、お話っていうのは？」

藤夫が切り出すと、史絵が口を開いた。

「一ヶ月前、唯一の男子社員が入ってきたから、ずっと色々お話ししたくて。でも忙しかったから、この合宿を待っていたの」

史絵が言う。

してみると彼女にとって藤夫は、そこそこタイプだったのかも知れない。確かに、見た目は互いに文化系同士である。

「史絵さん、彼氏は？」

藤夫は訊いてみた。

我が昭和佳人堂の女性スタッフたちは、常務とか専務とかの役職ではなく、みな名で呼び合うのが習慣になっていたので、藤夫もそれに倣（なら）っていた。

だから間もなく参加してくる、先代社長の娘で次期社長である美雪も、彼は名で呼んでいたのである。

「高校まで女子校だったので、大学に入ってから一人だけ付き合ったわ。ミステリーサークルで知り合って、三年ばかり。でも年上だったので先に卒業して地方へ行ってしまい、そのまま自然消滅」

史絵が、レンズの奥から彼を見つめて言う。正面から見ると、色白の頬に浮かぶ淡い雀斑(そばかす)が魅惑的だった。

今はほとんどスッピンで、その一人の彼氏以外、史絵は卒業後も誰とも付き合っていないようだった。

2

「そう、じゃ知ってるのは一人だけ」

藤夫は興奮を高めながら史絵に訊いた。

「ええ、しかもお互いに初めてだったので、ぎこちなかったし、すごく彼は淡泊だったの」

「そう、覗いていたなら隠さないけど、僕は淡泊じゃないと思う」

藤夫は、期待を込めて言った。

早く互いに脱いでしまいたいが、女性とのこうした会話も藤夫には初めてだから、また新鮮で興奮するものだった。

「ええ、驚いたわ。香織さんとの会話で、童貞だって言っていたのに色んなことしているし、しかも続けて射精を……」

史絵がモジモジと言う。

では口内発射から初体験セックスまで、全て彼女は覗いていたのだろう。ただ、さすがに風呂場までは覗けなかったようである。

そして淡泊だったという元彼は、恐らく史絵の足指や肛門など舐めていないのではないか。

「もしかして、お部屋へ戻ってから、自分でしちゃった？」

藤夫が訊くと、史絵は頬を染めて俯き、小さく頷いた。

「じゃ、してもいい？」

言うと、史絵が上気した顔を上げた。

「香織さんでなくていいの……？」

「見ていた通り、あれは香織さんの方から押しかけてきたんだからね、僕は史絵さんがタイプなんだから」

藤夫は言いながら、香織から童貞のくせに口が上手いと言われたことを思い出していた。

「でもお風呂に入ってないし……、寝しなまで入るななんて言うから……」

「うん、ナマの匂いが好きなので、そうしてもらったんだ。それに昭和体験なら、みんな当時そうしていただろうしね」

「ずるいわ。自分だけお風呂上がりで……」

「ごめんよ。何とか我慢して。じゃ、脱ごうね」

藤夫は言いながらジャージを脱ぎはじめた。

「童貞でない人って、初めて……」

史絵も言いながら、意を決したようにジャージを脱ぎはじめていった。

奇妙なもので、昨夜は香織が初めて童貞を味わい、今夜は史絵が初めて体験者と肌を重ねるのである。

その男が同じというのも、藤夫にしてみれば実に恵まれたことだった。

昨夜も今夜も、こんなにも簡単にセックスできるのなら二十三歳まで待たず、今まで多くのチャンスもあっただろうにと思ったが、やはり藤夫にとっては今回の就職が女性運の大きな転機となったのだろう。

やがて史絵がメガネを外して枕元に置き、ためらいなくジャージ上下を脱ぐと、ブラとソックス、最後の一枚を脱ぎ去っていった。

メガネを外した素顔も、実に清楚で整っていた。

藤夫も手早く全裸になると、史絵は布団に横たわったが、恥じらうようにうつ伏せになった。

長い黒髪が色白の背中に映え、案外着痩せするタイプなのか、尻が艶めかしく豊満だった。

藤夫はのしかかり、黒髪に鼻を埋め込んで甘い匂いを嗅いだ。

触れた途端、下で史絵がビクリと肩をすくめて身を強ばらせた。やはり数年ぶりに触れられ、相当に緊張と興奮が高まっているのだろう。

藤夫は長い髪を掻き分け耳の裏側に鼻を押し付けて嗅ぐと、そこは生ぬるく湿り、蒸れた汗の匂いが鼻腔をくすぐってきた。

舌を這わせると、

「あう……」

史絵が顔を伏せたまま小さく呻いた。

藤夫は肩へと移動し、滑らかな背中に舌を這わせていった。

「アアッ……！」

背中は感じるらしく、史絵がクネクネと身悶えながら喘いだ。

藤夫も背中を舐めるのは初めてなので、新鮮な気持ちで舌を蠢かせた。

広い背中は、乳首や割れ目のように舐めるポイントが見当たらないが、どこに触れても史絵は感じるようである。

特に背中のブラのホック痕（あと）は汗の味がし、彼は執拗に舐め回した。

そして脇腹にも寄り道しながら腰まで舐め降り、尻の谷間は後回しにし、丸みをたどって太腿、汗ばんだヒカガミ、脹（ふく）ら脛（はぎ）からアキレス腱を舐め降りていった。

両の足裏を舐めてから、足首を摑（つか）んで持ち上げ、膝から折り曲げた。

指の間に鼻を押し付けて嗅ぐと、やはりそこは汗と脂にジットリ湿り、ムレムレの匂いが濃厚に沁み付いていた。

蒸れた匂いで鼻腔を刺激されながら、爪先にしゃぶり付いて指の股に舌を割り込ませていくと、

「アアッ……、ダメ……」

史絵がか細く言ったが、拒みはしなかった。

藤夫は両足とも、全ての指の股を舐め、味と匂いを貪り尽くしてしまった。

やがて史絵をうつ伏せのまま股を開かせ、彼は腹這いになって尻の谷間に顔を迫らせていった。

指でムッチリと谷間を広げると、薄桃色の可憐な蕾が恥じらうようにキュッと引き締まった。

谷間にフィットするように鼻を埋め込むと、双丘が顔中に密着し、心地よい弾力が伝わってきた。嗅ぐと、蒸れた汗の匂いに混じり、ほのかなビネガー臭が鼻腔を悩ましく刺激してきた。

史絵は律儀に言いつけを守り、トイレで大の用を足したときに紙で拭くだけにしていたのだろう。見た目は汚れもないが、鼻を押し付けて嗅ぐと、確かに生々しい匂いがして興奮が高まった。

藤夫は昭和時代に思いを馳せながら匂いを貪り、やがて舌を這わせて襞を濡らし、ヌルッと潜り込ませて滑らかな粘膜を味わった。

「ヒッ……！」

史絵が息を呑み、キュッと肛門で舌先を締め付けてきた。

藤夫が尻の丸みに顔を埋めながら執拗に舌を蠢かすと、

「も、もうダメ……」

史絵は尻をくねらせて言い、とうとう寝返りを打ってしまった。

やはり足指も肛門も、舐められたのは初めてなのだろう。

藤夫も身を起こし、あらためて仰向けになった史絵に屈み込んでいった。

まずは形良い胸の膨らみである。

案外豊かで、乳首も乳輪も初々しい色合いだった。

チュッと乳首に吸い付き、舌で転がしながら顔中で膨らみを味わい、もう片方に指を這わせると、

「アア……」

史絵が顔を仰け反らせて喘ぎ、少しもじっとしていられないように身悶えた。

藤夫は左右の乳首を交互に含んで舐め回し、彼女の腋の下にも鼻を埋め込み、濃厚に甘ったるい汗の匂いに噎せ返った。

充分に胸を満たしてから肌を舐め降り、形良い臍を探ると、藤夫は史絵を大股開きにさせた。

彼はその股間に腹這い、白くムッチリした内腿を舐め上げ、股間に迫っていった。

「ああ、恥ずかしい……」

史絵が、股間に彼の視線と息を感じて声を震わせた。

元彼はあまりクンニリングスをしなかったのか、それとも史絵は部屋を真っ暗にしていたのかも知れない。

顔を寄せて見ると、案外恥毛は濃い方で、茂みの下の方は愛液の露を宿していた。

割れ目からはみ出す陰唇に指を当て、グイッと左右に広げると、膣口の襞が悩ましく息づき、クリトリスは光沢を放ってツンと突き立っていた。

やはり、同じようで香織とは微妙に違っている。

恥毛の丘に鼻を埋め込んで嗅ぐと、やはり蒸れた汗とオシッコの匂いが濃く籠もり悩ましく鼻腔が掻き回された。

胸を満たしながら舌を這わせ、膣口の襞をクチュクチュと探り、ゆっくりクリトリスまで舐め上げていくと、

「アア……、い、いい気持ち……!」

史絵が身を反らせて喘ぎ、内腿でキュッときつく彼の顔を挟み付けてきた。

藤夫はチロチロとクリトリスを舐めては、新たに溢れてくる熱い愛液をすすり、指も挿し入れて小刻みに内壁を摩擦した。

「ダ、ダメ、いっちゃう……、アアッ……!」

史絵が喘ぎ、ヒクヒクと全身を震わせはじめたのだった。

やはり長年の欲求が溜まり、あっという間にオルガスムスに達してしまったのだろう。なおも舐めていると、それ以上の刺激を拒むように史絵が両手で彼の顔を股間から突き放した。

ようやく藤夫も移動し、添い寝していった。

そして喘ぐ史絵の唇と歯並びを舐め、鼻を当てて熱い息を嗅ぐと、花粉のように甘い匂いが悩ましく鼻腔を刺激してきたのだった。

食後の歯磨きをしなくても、美女というのは常に唾液の分泌で口中が清められているのかも知れない。

藤夫が史絵のかぐわしい吐息で胸をいっぱいに満たして酔いしれていると、ようやく彼女の呼吸が整ってきたのだった。

3

「気持ち良かった？」

藤夫が訊くと、史絵は頷きながら肌をくっつけてきた。

彼が史絵の顔を下方へ押しやると、彼女も心得たように移動していった。

藤夫は仰向けになった。今度は彼が受け身になる番である。

史絵も素直に、大股開きになった真ん中に腹這い、顔を寄せてきた。

彼は自ら両脚を浮かせ、両手で尻の谷間を広げた。

「ここ、舐められる？　僕は洗って綺麗だからね」

「まあ、私は汚れていた……？」

尻を突き出して言うと、史絵が股間から答えた。

「ううん、綺麗だったよ。すごく可愛い匂いがしていた」

すると史絵は羞恥を紛らすように、彼の肛門に舌を這わせてくれた。

そして自分がされたようにヌルッと潜り込ませると、

「あう、気持ちいい……」

藤夫は妖しい快感に呻き、モグモグと美女の舌先を肛門で味わった。

史絵も中で舌を蠢かせ、熱い鼻息で陰嚢をくすぐった。

ようやく彼が脚を下ろすと、史絵も自然に舌を引き離し、そのまま陰嚢を舐め回して睾丸を転がしてくれた。

「これかけて」

と、文夫は枕元にあったメガネを手にして言い、史絵に渡した。

すると史絵も陰嚢から口を離し、メガネを掛けてくれた。

「メガネ好き？」

「うん、それにいつも見ている顔が一番だから」

言いながら、せがむようにペニスをヒクヒクと上下させると、あらためて史絵も幹に指を添え、粘液の滲む尿道口にチロチロと舌を這わせてくれた。

そして張り詰めた亀頭をしゃぶり、そのままスッポリと喉の奥まで呑み込むと、長い髪がサラリと股間を覆い、内部に熱い息が籠もった。

股間を見ると、清楚なメガネ美女が深々とペニスを頬張っている。

熱い鼻息が恥毛をくすぐり、口の中ではクチュクチュと舌がからみつき、たちまち彼自身は温かな唾液にどっぷりと浸った。

「ああ……」

快感に喘ぎながらズンズンと股間を突き上げると、史絵も顔を上下させ、濡れた口でスポスポと摩擦してくれた。

「い、いきそう、跨いで上から入れて……」

すっかり高まって言うと、史絵もスポンと口を離して顔を上げ、仰向けの彼の上に這い上がってきた。

「上になるの初めて……」

跨がりながら史絵が言う。

「中出しは平気なの？」

「ええ、大丈夫」

訊くと史絵が答え、先端に濡れた割れ目を押し付けた。位置を定めると息を詰め、ゆっくり腰を沈めながら受け入れていった。

ヌルヌルッと滑らかに根元まで呑み込むと、史絵の股間が密着し、キュッと締め上げられた。

「アア……、いいわ……」

史絵がぺたりと座り込み、顔を仰け反らせて喘いだ。

彼も温もりと感触を味わいながら、両手を伸ばして史絵を抱き寄せた。

史絵はそろそろと身を重ね、彼は胸に密着する乳房を味わいながら、僅かに両膝を立てて彼女の尻を支えた。

すると史絵が、上からピッタリと唇を重ね、舌を挿し入れてきたのだ。

藤夫もネットリと舌をからめ、両手でしがみつきながらズンズンと股間を突き上げはじめていった。

「ンン……」

史絵が熱く呻き、合わせて腰を動かした。

混じり合った息に彼の鼻腔が湿り、レンズが曇った。

「ああ……、いい気持ち、またいきそう……」

史絵が口を離して喘ぎ、収縮と潤いが増していった。

やはりクリトリスを舐められて果てるのと、男と一つになって昇り詰めるのは別物なのだろう。

溢れる愛液で動きが滑らかになり、クチュクチュと湿った摩擦音も聞こえてきた。

「唾（つば）を垂らして……」

下から言うと、史絵も懸命に唾液を分泌させ、形良い唇をすぼめて迫り、クチュッと吐き出してくれた。しかし喘ぎ過ぎて口中が乾いているらしく、それはほんの少量だった。

藤夫は、白っぽく小泡の多いシロップを舌に受けて味わい、うっとりと喉を潤しながら突き上げを強めていった。

「い、いっちゃう……、アアーッ……！」

たちまち史絵が声を上げ、ガクガクと狂おしいオルガスムスの痙攣を開始した。

収縮が強まり、その勢いに巻き込まれるように、続いて藤夫も激しく絶頂に達してしまった。

「いく……！」

快感に口走りながら、彼は熱い大量のザーメンをドクンドクンと勢いよくほとばしらせた。

「あう、もっと……」

噴出で駄目押しの快感を得たように史絵が呻いて締め付け、彼は心ゆくまで快感を嚙み締め、最後の一滴まで出し尽くしていった。

すっかり満足しながら徐々に突き上げを弱めていくと、

「アア……」

史絵も声を洩らし、全身の強ばりを解いてグッタリともたれかかってきた。

「中でいったの、初めて……」

息も絶えだえになって史絵が言った。

してみると元彼は、挿入してすぐ果てたか、愛撫で彼女が昇り詰めるような下地も作らなかったのだろう。

やがて完全に互いの動きが止まると、重なったまま熱い息遣(いきづか)いを混じらせた。

まだ膣内が息づくように収縮し、刺激された幹が過敏にヒクヒクと震えた。

藤夫は史絵の温もりと重みを感じながら、かぐわしい花粉臭の吐息を間近に嗅いでうっとりと余韻を味わったのだった……。

4

「足がガクガクするわ……」

脱衣所に入ると、ようやく史絵が藤夫に言った。

二人でジャージを持って廊下を進んでいるときは、他の人に聞かれないよう黙っていたのだ。

「こうして……」

風呂場に入ると、体を洗う前に藤夫は床に座り、目の前に史絵を立たせた。

やはり一回の射精で気が済むはずもなく、まして美しい生身がいるのだから、すでに彼自身は完全に元の硬さと大きさを取り戻していたのである。

「どうするの……」

「オシッコ出るところが見たい」

彼は答えながら、昨夜も香織にしたように、史絵の足を片方浮かせて浴槽のふちに乗せ、開いた股間に顔を埋めた。

まだ洗っていないから、恥毛には悩ましい匂いが沁み付いたままだ。

史絵はメガネを外しているから、何やら見知らぬ美女と一緒にいるようである。

「ああ、そんなことさせたいの……」

「出る？」

「少しなら出るかも……」

まだ興奮の余韻がくすぶっているように史絵が答え、素直に尿意を高めはじめてくれた。

執拗に割れ目を舐めたり吸ったりしていると、

「あう、出るわ……」

史絵が息を詰めて言い、間もなくチョロッと熱い流れがほとばしった。彼女は慌てて止めようとしたようだが、いったん放たれた流れは止まらず、たちまちチョロチョロと勢いを付けて注がれてきた。

藤夫は口に受けて味わい、うっとりと喉を潤しながら、温かな流れを肌に受けて陶然となった。

「アア、信じられない、こんなこと……」

史絵は声を上ずらせ、膝を震わせながら放尿をした。

しかし、あまり溜まっていなかったのだろう。ピークを過ぎると急に勢いが衰え、流れは治まってしまった。

ポタポタと滴る余りの雫に愛液が混じり、ツツーッと糸を引いて垂れた。

藤夫は残り香の中で舌を這わせ、オシッコと愛液の混じったヌメリをすすりながら勃起した幹をヒクつかせた。

「も、もうダメ……」

史絵は言って足を下ろし、力尽きたようにクタクタと木の椅子に座ってしまった。

藤夫は浴槽の縁に腰を下ろし、史絵の前で股を開いた。

「まあ、こんなに勃ってるわ。もう一度射精したいの？」

史絵が目を遣り、驚いたように言った。やはり元彼は、続けてなど出来なかったのだろう。

「うん」

「でも私はもう充分。さっきいった余韻の中で眠りたいわ」

「じゃ、指とお口でして」

幹を上下させて言うと、史絵も身を乗り出してきた。そして両手で拝むように幹を挟み、先端にチロチロと舌を這わせてくれた。

「ああ、気持ちいい……」

藤夫は快感に喘ぎ、急激に高まってきた。何しろメガネを外しているから、別の美女にしゃぶられている感覚なのである。

史絵も、興奮が高まったのか早く済ませたいのか、両手で幹を錐揉みにしながら亀頭をしゃぶってくれた。

さらに深々と呑み込み、顔を前後させてスポスポと摩擦した。

「い、いく……!」

たちまち昇り詰めた藤夫が口走り、絶頂の快感に全身を貫かれると、史絵が口を離したのだ。

どうやら口に受けるのが苦手なのかも知れない。

同時に、ありったけのザーメンが勢いよくピュッと飛び散った。

「あう……」

史絵が片方の目と頬を直撃されて声を洩らし、それでも何とか両手による愛撫の動きは止めないでいてくれた。

白濁の粘液が美しい顔をトロリと伝い流れ、顎から糸を引いて滴る様子が何とも淫靡で艶めかしかった。

「吸って……」

まだ快感を保ちながら言うと、仕方なくといった感じで再び史絵が亀頭をくわえ、頬をすぼめて吸ってくれた。

「ああ、気持ちいい……」

藤夫は喘ぎ、心置きなく最後の一滴まで出し尽くしたのだった。

彼がグッタリと力を抜くと、史絵も口を離し、飛び込んだ分をゴクリと飲み込んでくれた。

さらに白濁の雫に濡れた尿道口もヌラヌラと丁寧に舐め回し、舌で綺麗にしてくれたのである。

「ああ、もういい、有難(ありがと)う……」

彼が過敏に幹を震わせながら言うと、ようやく史絵も舌を引っ込めて手を離した。

「飲むの嫌いなんだけど、坂巻君のなら平気だわ。さっき、ものすごくいかせてくれたから」

史絵がチロリと舌なめずりして言い、湯を汲んで顔を洗った。

してみると元彼は、生意気に口内発射だけはしていたようだ。

藤夫も余韻を味わってから湯を浴び、股間を洗った。

史絵は髪も洗うと言うし、長くなるだろうから彼は先に上がることにした。

「じゃ、また明日ね、おやすみ」

藤夫は言い、脱衣所に出て身体を拭いて身繕いをした。

そして廊下に出て、自室へと向かった。

途中、襖が僅かに開いているので覗いてみると、真菜が軽やかな寝息を立てて眠っていた。

枕元のスタンドの、小さな灯りが点いているから可憐な寝顔がよく見え、襖の隙間からは思春期の体臭が洩れてくるようである。

このまま忍び込んでしまい、起こさないまでも、せめて美少女のかぐわしい寝息を嗅ぎながら抜きたい衝動に駆られたが、すでに二回射精しているのだからと諦めることにした。

真菜は小学校から今の短大までエスカレーターで、ずっと女子ばかりの中で過ごしてきたから今も無垢のままだろう。

それなら、万全の体調でジックリ時間をかけて味わいたい。

きっと真菜も好奇心はいっぱいだろうし、処女を頂くことも、それほど難しいことではないような気がしていた。

それだけ彼も、二人の女性を知ったから自信がついたのだろう。

やがて藤夫は真菜の部屋を通り過ぎ、自分の部屋に戻ると、史絵と濃厚なセックスをした布団に横になった。

レポートの続きは明日で良いだろう。

（今日も、色々あったなあ……）

藤夫は思い、心地よい疲れの中で目を閉じた。

また明日、何か良いことが待っているかも知れない。

そう思いながら、彼はいつしか深い眠りに落ちていったのだった……。

5

（あ、そうか、伊豆の古民家か……）

翌朝、六時半のベルの音で目を覚ました藤夫は一瞬ここがどこか分からず、室内を見回して思い出した。

一昨日に来てから、立て続けに予想もつかないことが起きたので、すっかり心身が朦朧（もうろう）となっていたのだろう。しかも昨日は、慣れない薪割りや草むしりまでしたのだ。

それでも起き上がると、全く心身に疲れは残っていなかった。

ジャージを着て部屋を出ると、トイレに入って朝一番の大小を済ませた。

そして洗面所へ行って歯磨きをし、顔を洗って台所へ行くと、もう三人も起きて顔を揃えていた。

「おはようございます」

藤夫が挨拶すると、三人も笑顔で答えた。眩しく感じるのが、香織と史絵の二人になっている。

本当に、この美女たちの肉体の隅々まで知ったのだと思うと、悦（よろこ）びで胸がいっぱいになり、また誇らしい気持ちも湧き上がった。

朝食は、昨夜の余りの飯と豚汁である。

「今日は何をしようかしら。洗濯はするけど、そう毎日部屋の掃除ばかりしても仕方ないし」

食べながら香織が言う。

「ええ、もう薪もだいぶ割ったので、しばらくは大丈夫そうです」

藤夫も答えた。あとは、庭掃除ぐらいだが、それはあまりに広くて面倒である。

「じゃ、少しノンビリしようかしら。ただ暮らしているだけでも昭和体験なのだし、姉が来るのは年明けだろうから」

「そういえば、明日は大晦日だわ」

香織が言うと、史絵も壁のカレンダーを見て言った。

「そうか、今年も明日までね。じゃ年明けまで好きに過ごしましょう」

最年長の香織が言うので、皆も嬉しそうに頷いた。

やがて四人で綺麗にお櫃も鍋も空にして、藤夫は洗い物を済ませ、女性たちも洗濯を終えた。

すると、庭に恵利子の白いワゴンが入って来たのである。

「おはよう。お餅と、お正月の飾りを取りに行くので、男性一人借りるわ」

「はい」

上がってきた恵利子が言い、すぐ藤夫は立ち上がって頷いた。

「じゃ、行ってきますね」

恵利子が茶も飲まず、すぐ行くというので、藤夫は皆に言って一緒に屋敷を出た。

藤夫は、助手席に座ってシートベルトを付けた。

「藤夫さんだったわね」

「はい、あらためてよろしくお願いします」

運転席に乗り込んだ恵利子が笑みを見せて言い、藤夫も甘ったるく漂う匂いに胸を高鳴らせながら答えた。

やがて車がスタートして門を抜けると、緩やかな坂道を下りはじめた。

「早乙女一族は、昔から女系で、みんな婿養子なのよ」

軽やかにハンドルを繰りながら、恵利子が言い、色々一族のことを話してくれた。

彼女は傍系の麻生家だが、やはり旦那は婿養子で、村役場に勤めているらしい。父親は村会議員らしいが、徐々に周囲の村も過疎が進んでいるようだ。

やがて車は隣の集落に入り、麻生家らしい家の前に停まった。

伊東駅まで買い物に出るのではなく、すでに買ったものが麻生家に置かれているらしい。

車を降りると、恵利子は玄関の鍵（かぎ）を開けた。

聞くと、恵利子の両親は赤ん坊を連れて町の病院へ定期健診に行き、帰りはドライブして昼食を済ませてくるようだ。

引き戸を開けると、上がり框（かまち）に飾り物や餅が置かれていた。昨日、この家の土間で恵利子の亭主が餅を搗いたらしい。

二人は、ワゴンのトランクに餅と注連飾りなどを運び入れた。どうせ新年の客などは来ないので、門松などは面倒なので用意しなかったらしい。

荷を全て積み込むと、恵利子は藤夫を家の中に誘った。

ここも広くて古い建物だが大部分は改築され、二階屋で窓はサッシ、全てエアコンなども完備されていた。

リビングは洋風でソファがあり、恵利子が茶を淹れてくれた。

「合宿が始まって三日め、夜は香織さんに誘惑されなかった？」

向かいに座った恵利子が、悪戯っぽい笑みを向けて訊いてきた。やはりスッピンらしいが健康的に張りのある肌艶をし、何しろ巨乳である。昭和で言えばトランジスタグラマーというものだろう。

「え……？　そんなこと、何もないですけど……」

藤夫は戸惑いながら答え、熱い茶をすすった。

「そう、まだ日が浅いからかしら。早乙女家の女はみんな多情だから」

「そうなんですか……？」

「ええ、真菜ちゃんだって、幼そうに見えるけど好奇心いっぱいだわ。きっと寝るときも、襖をわざと開けておくでしょうね」

言われて、あれは誘っていたのかと思ってしまった。

「でも、今まで一度もモテなかった僕なんか、誰も相手にしないんじゃないかな」

「そんなことないわ。採用の時は履歴書と写真を見て、美雪さんと香織さんと真菜ちゃんの三人、母娘と姉妹でジックリ吟味したらしいから」

「うわ、本当……？」

「代々、早乙女家の女の好みは、大人しくて従順そうな男なのよ」

恵利子の言葉に、ほんの少しだけ藤夫は、一人だけ男の自分が入社できたことが腑に落ちたのだった。

そして藤夫は、もしかしたら自分は、真菜の婿養子の候補になれるかも知れないと思ってしまった。

「だから、初めて藤夫さんを見たとき、いかにも早乙女家が選びそうなタイプだなって思ったの」

恵利子が熱っぽい眼差しを向けて言う。

もちろん藤夫は、痛いほど股間が突っ張ってきてしまったのだった。

「どうしたの、もしかして、私としてみたい？」

急に恵利子の声が囁くように艶めかしいものになり、思わず藤夫は勢い込むように頷いていた。

「ええ、どうか、お願いします……」

「いいわ、来て」

言うとすぐに恵利子は立ち、リビングを出た。藤夫も一緒に廊下を進み、彼女は自分の部屋に入った。

八畳間で、隅には赤ん坊の寝る布団があり、その隣には恵利子のものらしい布団も敷きっぱなしになっている。赤ん坊の匂いか、恵利子の体臭か、室内には生ぬるく甘ったるい匂いが立ち籠めていた。

やはりこれは、滅多に人の来ない古民家とは違う生活臭なのだろう。

「じゃ、脱いで。昼過ぎまで誰も帰ってこないから」

恵利子が言うなり、ためらいなく手早く服を脱ぎはじめていった。

藤夫もジャージ上下、シャツと靴下、トランクスまで脱ぎ去って全裸になっていった。

恵利子も一糸まとわぬ姿になり、布団に仰向けになった。

「好きなようにして」

恵利子が惜しみなく巨乳と肌を晒して言い、藤夫ものしかかっていった。

真っ先に、やはり息づく巨乳に顔を埋め込み、濃く色づいた乳首に吸い付いた。

舌で転がし、もう片方の乳首に指を這わせはじめると、生ぬるいものが舌と指に触れてきた。

見ると、乳首からはポツンと白濁の雫が浮かんでいるではないか。

（ぼ、母乳……）

藤夫は嬉々として吸い付いた。

どうやら、最初に恵利子に会ったときから感じていた甘い匂いは、汗や体臭よりも母乳の匂いだったようだ。

乳首を唇で挟んで吸い付くと、生ぬるく薄甘い母乳が舌を濡らしてきた。

吸う要領が分かると、彼はうっとりと酔いしれ、飲み込むたびに甘ったるい匂いが胸いっぱいに広がってきた。

「アア……、飲んでるの、いい子ね……」

恵利子が喘ぎながら言い、彼の髪を撫で回してくれた。

吸い続けると、巨乳の張りが心なしか和（やわ）らいできたようだ。

赤ん坊の分がなくならないうち、藤夫はもう片方の乳首を含み、新鮮な母乳で喉を潤した。

そして両の乳首と母乳を存分に味わうと、彼は恵利子の腋の下に鼻を埋め込んだ。

すると、そこには色っぽい腋毛が煙っているではないか。

鼻を擦りつけると、恥毛に似た感触が実に新鮮で、彼は甘ったるい汗の匂いで胸を満たしながら興奮を高めていった。

やがて藤夫は、滑らかな人妻の肌を舐め降り、臍を探って、豊満な腰のラインから脚を舐め降りていった。

巨乳のみならず脚も太くて逞(たくま)しく、正に都会育ちの他の女性たちより、この地に根ざした働き者の若妻といった感じである。

すると脛(すね)にはまばらな体毛があり、これも新鮮な興奮をもたらしてくれた。

やはり出産後はケアなどせず、外へ行くわけでもないので自然のままにしているのだろう。

腋毛といい脛毛といい、他の誰よりも恵利子は昭和風の女性であった。

足首まで舐めると足裏に移動して舌を這わせ、指の間に鼻を押し付けて嗅ぐと、濃厚に蒸れた匂いが鼻腔を刺激してきた。

藤夫は胸いっぱいにムレムレの匂いを吸い込んでから爪先にしゃぶり付き、順々に指の股に舌を割り込ませ、汗と脂の湿り気を味わった。

「アア……、くすぐったくて、いい気持ち……」

恵利子がクネクネと腰をよじらせて喘いだ。

やはり史絵の元彼などとは違い、恵利子は婿養子の旦那を好きなように扱い、何でもさせているのだろう。

藤夫は恵利子の両足とも、全ての指の股の匂いと味を貪り尽くし、やがて大股開きにさせ、ムチムチと逞しい脚の内側を舐め上げていった。

白く張りのある内腿をたどり、股間に迫ると熱気が顔中を包み込んできた。

すでに割れ目は大量の愛液にヌラヌラと潤い、指で陰唇を広げると、息づく膣口からは白っぽく濁った粘液も滲んでいた。

彼が黒々と艶のある茂みに鼻を埋め込むと、蒸れた汗とオシッコの匂いが噎せ返るように濃く鼻腔を刺激してきた。

嗅ぎながら舌を挿し入れ、膣口の襞を掻き回し、淡い酸味を探りながらコリッとしたクリトリスまで舐め上げていくと、

「アア……、そこ……！」

恵利子が声を上ずらせ、内腿でムッチリと彼の顔を挟み付けてきた。

藤夫は濃厚な匂いに酔いしれながら、舌先で弾くようにクリトリスを刺激しては、泉のように溢れてくるヌメリをすすった。

さらに彼女の両脚を浮かせ、尻の谷間に迫った。

するとピンクの蕾は、出産で息んだ名残か、まるでレモンの先のように突き出た、実に艶めかしい形をしていた。

鼻を埋め込んで嗅ぐと、蒸れた汗の匂いが籠もっているだけなので、さすがにシャワー付きトイレは使っているようだ。

ちろちろと舌を這わせ、ヌルッと潜り込ませると滑らかな粘膜は微かに甘苦い味わいがあった。

「あう、気持ちいいわ……」

恵利子が浮かせた脚を震わせて呻き、味わうようにモグモグと肛門で彼の舌先を締め付けてきた。

充分に味わい、脚を下ろすと彼女が身を起こしてきた。

「交代よ、今度は私が」

恵利子は言い、入れ替わりに藤夫を仰向けにさせるとペニスに屈み込み、粘液の滲む先端を舐め回した。

　そのまま張り詰めた亀頭をくわえ、スッポリと喉の奥まで呑み込むと、幹を締め付けて吸い、熱い息を股間に籠もらせながら舌をからめてきた。

　さらに顔を上下させ、スポスポと摩擦されると、

「い、いきそう……」

　急激に高まった藤夫は降参するように言った。すると恵利子もスポンと口を離し、身を起こして前進すると上から跨がってきた。

　先端に濡れた割れ目を押し当て、ゆっくり腰を沈めて受け入れていった。

「アアッ……、いい……」

　ヌルヌルッと根元まで呑み込むと、恵利子は股間を密着させて喘いだ。

　藤夫も、肉襞の摩擦と締め付けに包まれ、うっとりと快感を嚙み締めた。

　すると恵利子が身を重ねてきて、彼の胸にムニュッと巨乳を密着させた。

「まだ我慢して。ゆっくり味わいたいから……」

　恵利子が顔を寄せて囁き、彼も下から両手を回してしがみつき、両膝を立てて豊満な尻を支えた。

　彼女は上からピッタリと唇を重ね、まだ動かずジックリ時間をかけるようだった。

　しかし動かなくても、味わうように息づく膣内の収縮に、藤夫はジワジワと絶頂を

迫らせていった。

舌をからめると、恵利子の舌が滑らかに蠢き、下向きのため生温かな唾液がトロトロと注がれ、彼はうっとりと味わいながら喉を潤した。

そして長く保たせようと思いつつ、あまりの快感に股間が勝手にズンズンと突き上がりはじめてしまったのだった。

第三章　美少女の恥じらい蜜

1

「アア……、いい気持ちよ、でもまだ待って……」

恵利子が口を離し、唾液の糸を引きながら喘いだ。藤夫も懸命に突き上げをセーブしながら、奥歯を嚙み締めて暴発を堪えた。

しかし恵利子の熱く湿り気ある吐息が、白粉(おしろい)にオニオン臭を混ぜたような何とも艶めかしい匂いで興奮が高まってしまった。

「も、もう一度お乳飲みたい……」

藤夫が言うと、恵利子も股間を密着させたまま胸を突き出し、自ら乳首を指で摘んでくれた。

するとと白濁の乳汁がポタポタと両の乳首から滴り、乳腺からは霧状になったものが顔中に降りかかり、たちまち彼は甘ったるい匂いに包まれた。

「唾も垂らして」

言うと恵利子はためらいなく顔を寄せ、グジューッと小泡の多い唾液を垂らしてくれた。

喉を潤すと我慢できず、とうとう藤夫はズンズンと勢いを付けて股間を突き上げはじめてしまった。すると恵利子も、いよいよフィニッシュを迎えるように動きを合わせ、激しく濡れた膣で摩擦してくれたのだ。

クチュクチュと湿った音がして、溢れる愛液が陰嚢の脇を伝い流れ、彼の肛門の方まで温かく濡らしてくれた。

「い、いく……！」

とうとう藤夫も限界に達して口走り、大きな快感に貫かれながら、熱い大量のザーメンをドクンドクンと勢いよくほとばしらせてしまったのだった。

「い、いいわ……、アアーッ……！」

噴出を感じると恵利子も辛うじてオルガスムスを合わせられたように声を上げ、ガクガクと狂おしい痙攣を開始したのだった。

収縮の中で藤夫は心ゆくまで快感を味わい、最後の一滴まで出し尽くしていった。

満足しながら突き上げを弱めていくと、

「ああ、良かった……」

恵利子も声を洩らし、肌の強ばりを解きながらグッタリともたれかかってきた。

互いの動きが止まっても、まだ膣内は名残惜しげな収縮が繰り返され、中でヒクヒクと幹が過敏に跳ね上がった。

そして藤夫は重みと温もりを受け止め、熱く悩ましい吐息の匂いで鼻腔を満たしながら、うっとりと快感を味わったのだった。

しばし重なったまま呼吸を整えていたが、

「さあ、身体を流しましょう……」

やがて恵利子が言って身を起こしてきた。

そして股間を引き離すと軽くティッシュで拭っただけで立ち上がり、一緒に部屋を出てバスルームへと移動した。

そこは薪ではなく、ボタン一つで湯が沸かせる最新式の風呂だ。

恵利子がシャワーの湯を出し、互いの股間を洗うと、藤夫も古民家ではシャワー付きトイレが使えなかったので尻の谷間も念入りに流した。

った。

「ね、オシッコ出して」

当然ながらムクムクと回復しながら言うと、恵利子も尿意を覚えたように拒まなかった。

「いいわ、じゃここに寝なさい」

恵利子が言い、広い床に敷かれたバスマットに彼を仰向けに寝かせた。

「跨いでいい？　どこにかけられたい？」

「顔に……」

仰向けだと飲めるか自信がなかったが、彼はピンピンに勃起しながら答えていた。

「いいけど、多いかも知れないから溺れないでね」

ためらいなく彼の顔に跨がり、しゃがみ込みながら恵利子が言う。

和式トイレスタイルになると脚がM字になり、内腿と脹ら脛がムッチリと張り詰めて量感を増し、割れ目が鼻先に迫った。

茂みに鼻を埋めたが、もう濃厚だった匂いの大部分は薄れてしまった。

割れ目内部に舌を這わせていると、

「出るわ、いい？」

すぐにも恵利子が言い、柔肉を妖しく蠢かせた。

同時に、いきなりシャーッと激しい流れがほとばしり、藤夫は本当に溺れそうになった。

味も匂いも、香織や史絵よりやや濃いが、やはり美女から出るものだから藤夫は激しい興奮と悦びに包まれた。

仰向けだから噎せないように気をつけながら、少しだけ飲み込むと、顔中を濡らした分が温かく頬を伝って耳の穴にも入ってきた。

「何でも飲むのが好きなのね……」

勢いよく放尿しながら恵利子が言う。母乳と唾液とオシッコと、彼は全て味わいながら悩ましい匂いで胸を満たした。

ようやく勢いが弱まり、間もなく流れが治まった。

藤夫は余りの雫をすすり、残り香の中で興奮を高めていった。

やがて恵利子が腰を浮かせ、彼の股間に移動すると、両脚を浮かせて尻の谷間を舐め回してくれた。

やはりさっきは、早乙女家の古民家にシャワー付きトイレがなかったから舐めてくれなかったのかも知れない。

肛門にヌルッと舌が潜り込むと、

「く……！」

藤夫は妖しい快感に呻き、キュッと恵利子の舌先を締め付けた。

彼女は舌を蠢かし、陰嚢も舐め回して睾丸を転がした。さらに胸を押し当て、ペニスを巨乳の谷間に挟み、両側から揉んでくれたのだ。

「ああ、気持ちいい……」

藤夫はパイズリに高まって喘ぎ、絶頂を迫らせた。

ようやく恵利子も先端に舌を這わせ、張り詰めた亀頭にしゃぶり付いてきた。

ズンズンと股間を突き上げると、彼女もスポスポと摩擦しながら、たっぷりと唾液を出してくれた。

「い、いきそう……」

我慢できなくなって口走ったが、恵利子は濃厚な摩擦を繰り返していた。

どうやら、もう膣に受け入れるのは充分らしい。

出して良いならと、藤夫も我慢せず絶頂を迎えることにした。

摩擦と吸引、舌の蠢きと唾液のヌメリの中、たちまち彼は昇り詰めてしまった。

「いく……、アアッ……！」

快感に包まれながら喘ぎ、ありったけのザーメンを勢いよくほとばしらせると、

「ンン……」

喉の奥に直撃を受けた恵利子が小さく呻き、なおも強烈な摩擦を続行してくれた。

いつもながら女性の口に射精するのは、申し訳ないような、美しいものを汚すような禁断の感覚が湧いた。

やはり一つになって互いに快感を分かち合うのではなく、一方的に奉仕されることに気が引け、それもまた快感になるようだった。

藤夫は心置きなく最後の一滴まで出し尽くし、下降線をたどる快感を惜しみながらグッタリと力を抜いていった。

彼が身を投げ出すと、恵利子も動きを止め、亀頭を含みながら口の中に溜まったものをゴクリと飲み込んでくれた。

「あう……」

キュッと締まる口腔の刺激と、飲んでもらったという悦びに彼は呻いた。

ようやく恵利子が口を離し、なおも幹をしごきながら余りの雫の滲む尿道口をチロチロと念入りに舐め回した。

「も、もういいです……」

藤夫が腰をくねらせながら言うと、恵利子も舌を引っ込めて顔を上げた。

「二度目なのにいっぱい出たわね。私も、いっぱいお乳飲んでもらったから」

恵利子が淫らにヌラリと舌なめずりして言い、彼も呼吸を整えながらノロノロと起き上がった。

そしてもう一度二人でシャワーを浴び、脱衣所で身体を拭いてから部屋に戻って互いに身繕いをした。

「またしましょうね。まだ合宿は長いんでしょう?」

「ええ、是非また」

彼は答え、少し休憩してから家を出た。恵利子も戸締まりをして一緒に車に乗り込み、早乙女家の古民家に戻ったのだった。

「一緒にお昼どうですか」

「ええ、頂きます」

荷を運び入れると香織が言い、恵利子も答えて食卓に着いた。

みな、まさか藤夫が恵利子と濃厚なセックスをしたなど夢にも思っていない様子で普段通りの態度だった。

しかし早乙女家の女は多情というから、あるいは誰もが承知していて何も追及してこないのかも知れない。

昼食は、女性たちが作ったクリームパスタだ。

「飾り付けは今日のうちに済ませて下さいね。明日の大晦日だと、一夜づけといって良くないので」

恵利子が言い、やがてパスタを食べ終わると香織がコーヒーを淹れてくれた。

そして恵利子が車で帰っていくと、女性たちは注連飾りを門と玄関、勝手口などに貼り付けてゆき、藤夫は台所で、平たく伸ばされた餅を切った。

たまに大根も切って刃を滑らかにさせ、なかなかの重労働を終えると、ようやく正月を迎える準備も整ったのだった。

2

「明日、私と史絵さんはハイキングに行ってくるわ」

夜、夕食も終えて寝るばかりとなった頃に香織が藤夫の部屋に来て言った。

夕食はスキヤキで、また香織は熱燗を飲んでいたが、今夜はそれほど酔っていないようだ。

「二人でハイキングですか」

「ええ、小川の畔(ほとり)から小道を行くと良い景色の場所があるというので、サンドイッチでも作って持っていくわ」

「どうして僕と真菜ちゃんは留守番を？」

藤夫が訊くと、本題に入ったように香織が居住まいを正した。

「明日、今年最後の日に真菜の処女を奪ってほしいの」

「え……？」

言われて、藤夫は一瞬何を言われたか理解できなかった。

「奪ってといっても無理矢理じゃなく、今年中に初体験をしたいという、真菜の希望なの。年が明けるとあの子はすぐ十九だから」

香織が言う。

聞くと、真菜は一月二日生まれらしい。奇しくも、七日生まれの香織と同じ山羊座である。

「僕でいいんですか」

「ええ、真菜がそう望んでいるんだから」

「わ、分かりました……」

答えながら、早くも藤夫は激しく勃起してきてしまった。

もちろん明日の真菜への期待も絶大だが、いま目の前にいる香織への欲望も満々になっているのだ。

「真菜もピル飲んでるから、中出しＯＫよ。ただ無垢だから、優しくしてあげて」

「そ、それはもちろん」

藤夫は答え、どうして真菜が直接自分に言ってこないのだろうかと思ったが、やはり恥ずかしいのだろう。

しかし、どうやら香織と二人でハイキングに行く史絵も知っているのだろうから、真菜の初体験のことは公然のことのようである。

この分では、藤夫が香織や史絵としたことも知れ渡っているのかも知れない。

恵利子が言っていた、多情だという早乙女家の一族、その特殊な雰囲気が、社員の藤夫や史絵をも包み込みはじめているようだった。

「そ、その前に、今夜はまだ寝るには早いので……」

藤夫が欲情しながら身を乗り出して言うと、

「いいわ、私もそのつもりで来たのだから。まだ私はお風呂に入っていないし」

香織が答えてすぐにも脱ぎはじめてくれた。藤夫も手早く全裸になり、ピンピンに勃起したペニスを露わにした。

「どうする？　処女を扱う練習をする？　それとも真菜にはさせられないことをしてほしい？」

「さ、させられないことを……」

藤夫は答え、先に布団に仰向けになった。

「顔に足を乗せて……」

期待と興奮に幹を震わせて言うと、一糸まとわぬ姿になった香織が立ち上がり、彼の顔の横にスックと立った。

「こう？」

香織は片方の足を上げて言い、壁に手を突いて身体を支えながら足裏を藤夫の顔に乗せてくれた。彼はうっとりと感触を味わい、足裏に舌を這わせて指の間に鼻を割り込ませて嗅いだ。

指の股はやはりジットリと汗と脂に湿り、蒸れた匂いが濃厚に沁み付いて鼻腔が刺激された。

彼は充分に嗅いでから爪先をしゃぶり、全ての指の股を味わってから足を交代してもらい、新鮮な味と匂いを貪った。

「あう、これぐらいなら真菜はしてくれるわよ、きっと」

香織が声を震わせて言う。

「顔にしゃがんで」

藤夫が言うと、彼女もすぐに跨がり、和式トイレスタイルでしゃがみ込んだ。

昼前に恵利子にもしてもらった体勢だが、真下からの眺めは実に興奮をそそった。

脚がM字になると、彼は腰を抱えて股間に鼻と口を押し付け、茂みに蒸れて籠もった汗とオシッコの匂いで胸を満たした。

割れ目を舐めると、すでに内部はヌラヌラと熱い愛液が溢れ、すぐにも舌の動きが滑らかになった。

味と匂いを充分に味わうと、尻の真下に潜り込み、顔中に双丘の弾力を受けながら谷間の蕾に鼻を埋めて嗅いだ。

しかし、恵利子のように蒸れた汗の匂いが籠もっているだけだ。

「匂いがしない」

「それは、紙だけじゃ気持ち悪いから、濡れナプキンで拭いてしまったの」

香織が尻を押し付けながら言う。

そうか、そういう手があったかと少し失望しながら、彼はチロチロと舌を這わせ、ヌルッと潜り込ませて粘膜を味わった。

「あう……」

香織が呻き、モグモグと肛門で彼の舌先を締め付けた。

そして藤夫が香織の前と後ろを充分に味わうと、彼女が自分から腰を浮かせて移動していった。

藤夫の股を開かせて腹這い、陰嚢を舐め回してから先端をしゃぶり、スッポリと喉の奥まで呑み込んだ。

「ああ、気持ちいい……」

藤夫は快感に喘ぎ、香織の口の中でヒクヒクと幹を上下させた。

香織も幹を締め付けて吸い、念入りに舌をからめて唾液に濡らした。

やがてスポンと口を離して前進し、彼の股間に跨がると、先端を割れ目に当ててゆっくり受け入れていった。

「アアッ……、いいわ……」

ヌルヌルッと根元まで嵌(は)め込むと、香織が股間を密着させて喘いだ。藤夫も摩擦と温もりに包まれ、両手を回して抱き寄せながら、膝を立てて尻を支えた。

まだ動かず、彼は潜り込んで左右の乳首を舐めて吸い付き、腋の下にも鼻を埋めて濃厚に甘ったるい汗の匂いに噎せ返った。

すると香織が上からピッタリと唇を重ね、ネットリと舌をからめてきた。

藤夫も、彼女の熱い鼻息で鼻腔を湿らせながら舌を蠢かせ、生温かく清らかな唾液をすすった。

香織が徐々に腰を動かすと、彼もズンズンと股間を突き上げ、何とも心地よい摩擦に高まっていった。

「ああ、すぐいきそうよ……」

香織が口を離して熱く喘ぐと、湿り気あるシナモン臭の濃厚な吐息が悩ましく彼の鼻腔を刺激してきた。

興奮が高まり、彼は次第に強く動き、息の匂いと摩擦快感に絶頂を迫らせた。

「い、いっちゃう、気持ちいいわ……！」

たちまち香織が収縮を強めるなり、声を上ずらせて口走り、ガクガクと狂おしいオルガスムスの痙攣を開始したのだった。

藤夫も彼女の絶頂に巻き込まれて昇り詰め、今日何度目かのザーメンを勢いよくほとばしらせたのだった。

「あう、もっと出して……」

噴出を感じた香織が呻き、締め付けを強めてきた。

藤夫もしがみつきながら股間をぶつけるように動き、快感を噛み締めながら心置きなく最後の一滴まで出し尽くしていった。

すっかり満足しながら突き上げを弱めていくと、

「アア……」

香織も満足げに声を洩らし、硬直を解いてグッタリともたれかかってきた。

まだ膣内が息づき、中でヒクヒクと幹が跳ね上がった。

そして藤夫は香織の重みを受け止め、かぐわしい吐息を間近に嗅ぎながら、うっとりと余韻に浸り込んでいったのだった……。

3

「じゃ、行ってくるわね。お昼過ぎには戻るわ」

翌朝、朝食を終えると香織が言い、史絵も意味ありげな視線をチラと藤夫に送ってから、二人でランチバスケットを持って出かけてしまった。

大晦日の今日も、よく晴れて寒くないので、川縁(かわべり)のハイキングはきっと快適なことだろう。

藤夫は真菜と二人で残った。

真菜はモジモジして俯き加減なので、その間に藤夫は急いで小用と歯磨きを済ませてから食堂に戻った。

「じゃ、僕の部屋に来る？」

何もかも承知しているという前提で言うと、

「私のお部屋がいい……」

真菜が答え、立ち上がって先に廊下を進んだ。藤夫もついてゆき、一緒に彼女の部屋に入った。

布団が敷きっぱなしになっていて、やはり室内には思春期の生ぬるい体臭が甘ったるく立ち籠めていた。

「本当に僕でいいの？」

訊くと、すぐに真菜がこっくりした。

「まだ、キスも知らない処女？」

重ねて訊くと、また真菜が伏し目がちに頷いた。

「自分ですることは？」

「たまに……」

　彼女が答え、さらに話を聞くとクリトリスオナニーでそれなりの絶頂は知っている
ようだが、指は浅くしか入れたことがないようだ。
「ゆうべ、襖が少し開いていたから真菜ちゃんの寝顔見ちゃった」
「入ってくれれば良かったのに……」
　言うと、真菜が目を上げて言う。やはり大人しいだけの少女ではなく、多情な血を
秘めているようだった。
　笑窪の浮かぶ頬が上気し、漂う甘い匂いに我慢できないほど勃起してしまった。
「じゃ、脱ごうね」
　藤夫が言いながら自分から脱ぎはじめると、ためらいなく真菜も赤いジャージ上下
を脱ぎ去っていった。
　彼は先に全裸になり、やがて真菜が一糸まとわぬ姿になると、彼女を布団に仰向け
に横たえた。見下ろすと、間もなく十九になる美少女の肌が、緊張と期待に震えてい
るようだ。
　色白でぽっちゃりし、息づく乳房も形良い膨らみを見せているが、さすがに乳首と
乳輪は初々しい桜色をしていた。股間の翳(かげ)りは楚々として淡く、ほんのひとつまみ恥
ずかしげに煙っているだけだった。

藤夫は屈み込み、まずは真菜の右の乳首に吸い付いて舌で転がした。

ネット情報で、右利きは左が感じると書かれていたので、右の乳首から愛撫するのがすっかり習慣になってしまった。

「あん……」

真菜が声を洩らし、ビクリと肌を強ばらせた。

藤夫は顔中で弾力ある膨らみを感じながら舐め回し、もう片方の乳首にも指を這わせていった。

徐々に真菜がクネクネと身悶えはじめ、熱い呼吸が繰り返された。

真菜が肌を震わせるたび、生ぬるく甘ったるい匂いが揺らめいた。

彼は左の乳首も含んで舌を這わせ、吸い付きながらパッと離す愛撫を繰り返すと、

「アアッ……！」

真菜が熱く喘いでビクリと顔を仰け反らせたが、感じるというより、まだくすぐったい感覚の方が大きいかも知れない。

左右の乳首を充分に味わうと、彼は真菜の腕を差し上げ、スベスベの腋の下に鼻を埋め込んでいった。生ぬるく湿ったそこは、ミルクのように甘ったるい汗の匂いが籠もり、彼はうっとりと胸を満たしながら舌を這わせた。

「あう、ダメ……」

真菜が言い、くすぐったそうに身をよじった。

美少女の体臭を味わってから、彼は無垢な肌を舐め降りていった。

愛らしい縦長の臍(へそ)を探り、張りのある下腹に顔を押し付けて思春期の健康的な弾力を味わい、腰から脚を舐め降りた。

太腿をたどって丸い膝小僧をそっと嚙み、滑らかな脛をたどって足首まで行くと、足裏に回り込んで脚を浮かせ、踵(かかと)から土踏まずに舌を這わせながら、縮こまった足指の間に鼻を押し付けて嗅いだ。

やはりそこは汗と脂にジットリ湿り、蒸れた匂いが可愛らしく沁み付いていた。

藤夫は美少女の足の匂いを貪り、爪先にしゃぶり付いて順々に指の股に舌を割り込ませて味わった。

「アア……、ダメよ、汚いのに……」

真菜がか細く言って脚を震わせたが、拒みはしなかった。

藤夫はもう片方の足裏も舐め、ムレムレの匂いを嗅いでから爪先をしゃぶり、味と匂いが薄れるほど貪り尽くしてしまった。

「じゃ、うつ伏せになって」

口を離して言うと、真菜も素直にゴロリと寝返りを打って腹這いになった。

藤夫は再び屈み込み、真菜の踵からアキレス腱、脹ら脛から汗ばんだヒカガミを舐め、太腿から尻に這い上がっていった。

もちろん尻の谷間は後回しで、腰から滑らかな背中を舐め上げていくと、やはり淡い汗の味が感じられた。

「ああ、くすぐったいわ……」

やはり背中は感じるように真菜が喘いだ。いや、どこに触れても、男に触れられるのは初めてだから感じるのだろう。

藤夫は肩まで行って髪に顔を埋めて嗅ぐと、甘いリンスの香りに、ほんのり幼く乳臭い匂いが混じっていた。

髪を掻き分け、耳の裏側を嗅ぐと蒸れた匂いがし、舌を這わせるとビクッと真菜が肩をすくめた。

やがて彼は再び背中を舐め降り、脇腹にも寄り道してから尻に戻った。

うつ伏せのまま股を開かせて腹這い、指で谷間をムッチリと広げると、大きなパンでも二つにするような弾力が伝わった。

谷間の奥には、可憐な薄桃色の蕾がひっそり閉じられていた。

鼻を埋め込み、顔中で双丘の弾力を味わいながら嗅ぐと、やはり蒸れた汗の匂いに混じり、生々しく秘めやかな刺激が鼻腔を掻き回してきた。

やはり大の用を足したあと紙で拭いただけで、香織のように濡れナプキンの処理はしていないようだ。

美少女の恥ずかしい匂いを貪り、藤夫は激しく興奮を高めながらチロチロと舌を這わせ、襞を濡らしてからヌルッと潜り込ませて滑らかな粘膜を味わった。

「く……」

真菜が顔を伏せたまま呻き、キュッと肛門できつく舌先を締め付けてきた。

藤夫が舌を蠢かせると、微かに甘苦い味が感じられた。

「も、もうダメ……」

真菜が息を詰め、尻をくねらせて必死に哀願するので、彼はもう少しだけ、舌を出し入れさせるように動かしてから、ようやく口を離してやった。

すると彼女は強烈な愛撫から尻を庇(かば)うように自分から寝返りを打ち、再び仰向けになっていった。

藤夫は彼女の片方の脚をくぐって股間に陣取り、ムッチリした内腿を舐め上げて無垢な股間へと顔を迫らせた。

ぷっくりした神聖な丘に若草が煙り、二つのゴムまりを横に並べて押しつぶしたように丸みを帯びた割れ目からは、綺麗な薄桃色の花びらがはみ出し、ネットリと清らかな蜜に潤っていた。

そっと指を当てて陰唇を左右に広げると、微かにクチュッと湿った音がして中の柔肉が丸見えになった。処女の膣口は襞を入り組ませて息づき、どんどん新たな蜜を漏らしはじめていた。

ポツンとした小さな尿道口も見え、包皮の下からは小粒のクリトリスが光沢を放ちツンと突き立っていた。

やはり、今まで見た誰よりも清らかで美しい眺めだった。

もう堪らず、藤夫は吸い寄せられるように美少女の股間に顔を埋め込んでいった。

柔らかな若草に鼻を擦りつけて嗅ぐと、隅々には蒸れた汗とオシッコの匂いに加えて、処女特有の恥垢臭だろうか、ほのかなチーズ臭も混じって悩ましく鼻腔が刺激された。

「いい匂い」

顔を埋めながら思わず言うと、真菜が恥じらいに息を呑み、キュッときつく内腿で彼の両頬を挟み付けてきた。

藤夫は処女の匂いにうっとりと胸を満たしながら、舌を這わせていった。

陰唇の内側を舐め、膣口の襞をクチュクチュ掻き回すと、溢れる蜜ですぐにも舌の動きが滑らかになった。

ゆっくり味わいながらヌメリを掬い取り、クリトリスまで舐め上げていくと、

「アアッ……！」

真菜がビクッと身を反らせて喘ぎ、内腿に力を込めてきた。

藤夫はもがく腰を抱え込んで押さえ、執拗にチロチロとクリトリスを舐めながら見上げると、白い下腹がヒクヒクと波打ち、乳房の谷間から彼女の仰け反る可憐な顔が見えた。

彼は舐めながら、指を濡れた膣口に押し込んでみた。

さすがに入口は狭いが、中は充分過ぎるほど熱く濡れ、心地よい内壁のヒダヒダが感じられた。

これもネット情報だが、舐めるときはあれこれ動かすのではなく、一定の動きが良いと書かれていたので、藤夫は膣内の指を出し入れさせながら、舌先で小さな円を描くように執拗にクリトリスを舐め、それを延々と繰り返した。

「ダ、ダメ、いっちゃう……、アアーッ……！」

たちまち真菜が声を上ずらせ、ガクガクと狂おしく腰を跳ね上げたのだ。

どうやらクリトリスへの刺激だけでオルガスムスに達してしまったようだ。

なおも舌と指の愛撫を続行すると、

「も、もうダメ、止めて……」

真菜が必死に声を洩らした。ピークを過ぎると、射精直後の亀頭のように刺激がうるさくなってきたのだろう。

藤夫も舌と指を引き離し、彼女に添い寝していった。

4

「大丈夫？　気持ち良かった？」

藤夫が囁くと、真菜は荒い息遣いを繰り返しながら小さく頷いた。

そして甘えながら余韻に浸るように抱きついてきたので、藤夫も抱き留めながら唇を重ねていった。

これが真菜にとってのファーストキスだろう。クンニでいかせたあとになってしまったが、何もかも済んだ最後に初キスした藤夫よりマシである。

さんざん喘ぎ続けて乾き気味の唇は、グミ感覚の弾力があり、真菜の鼻から忙しげに洩れる息が彼の鼻腔を熱く湿らせ、唇の周りからはやはり乾いた唾液の匂いが感じられた。

舌を挿し入れ、滑らかな歯並びを左右にたどり、ピンク色の引き締まった歯茎まで舐めると、ようやく真菜の歯が開かれて侵入が許された。

舌を触れ合わせて蠢かせると、

「ンン……」

真菜も熱く鼻を鳴らして、チロチロと絡み付けてくれた。

美少女の舌は生温かな唾液に濡れ、実に滑らかで美味しかった。無垢と思うとなおさらで、彼は執拗に真菜の舌を味わった。

そして舌をからめながら乳房に触れると、

「アアッ……」

真菜が口を離して熱く喘いだ。

彼がその開いた口に鼻を押し込んで嗅ぐと、実に胸が切なくなるほど可愛らしく、甘酸っぱい匂いが鼻腔を刺激してきた。まるでイチゴやリンゴ、桃を食べたあとのような、熱く湿り気ある果実臭だ。

藤夫は美少女の吐息を執拗に嗅ぎながら、真菜の手を握って強ばりに導いた。

すると彼女もそっと触れ、汗ばんで生温かな手のひらに包み込み、探るようにニギニギと動かしてくれた。

「ああ、気持ちいい……」

藤夫は無垢な指の愛撫に喘ぎながら、真菜の顔を下方へと押しやった。

すると彼女も心得たように顔を移動させ、股間に熱い息を吐きかけながら、粘液の滲む先端にチロチロと舌を這わせてくれたのだ。

「ああ、深く入れて……」

仰向けの受け身体勢になって言うと、真菜もスッポリと喉の奥まで呑み込み、幹を締め付けて吸いながら、中でクチュクチュと舌を蠢かせた。

「吸いながら引き抜いて」

言うと、真菜は笑窪の浮かぶ頬をすぼめて吸い付きながら、チュパッと可憐な音を立てて口を離し、それを何度か繰り返してくれた。

「い、いきそう、入れたい……」

無垢な舌の愛撫で急激に高まった藤夫が言うと、真菜も口を離して再び添い寝してきた。

彼も入れ替わりに身を起こし、仰向けになった真菜の股を開いて、期待に胸を震わせながら股間を進めていった。

やはり初体験は、正常位であろう。女上位以外はあまり得意ではないが、処女の真菜が最初から腰を突き上げるとも思えないので、リズムや角度が狂って抜ける心配はないだろう。

濡れた割れ目に先端を押し当てると、真菜もすっかり覚悟を決めたように、目を閉じてじっとしていた。

藤夫は何度か擦り付け、割れ目の蜜と亀頭に残る唾液を混ぜるように動かしながら位置を定めていった。

「いい？」

聞くと真菜がこっくりしたので、彼は処女の感触を味わいながらヌルヌルッと押し込んでいった。これもネット情報だが、初体験はゆっくり挿入するより、一気に入れた方が痛みが一瞬で済むと書かれていたのだ。

張り詰めた亀頭が潜り込み、処女膜の丸く押し広がる感触が伝わると、

「あう……！」

真菜が眉をひそめて呻き、彼は深々と滑らかに挿入した。

さすがに他の誰よりもきつく、その締め付けが心地よかったが、何しろ潤いが充分なので、ピッタリと根元まで嵌まり込んだ。

中は熱いほどの温もりと潤いに満ち、彼自身はきつくくわえ込まれた。

藤夫は処女を奪った感激に包まれながら股間を密着させ、そろそろと脚を伸ばして身を重ねていった。

すると真菜は、支えを求めるように下から両手でシッカリとしがみついてきた。

「痛い？　無理なら言って」

「平気……」

気遣って囁くと、真菜が薄目を開けて健気に答えた。やはり間もなく十九歳なのだから、破瓜の痛みよりも、ようやく初体験して男と一体になった満足感の方が大きいのだろう。

彼女の肩に腕を回して肌を重ねると、胸の下では乳房が押し潰れて弾み、恥毛が擦れ合い、コリコリする恥骨の膨らみも伝わってきた。

じっとしていても息づくような収縮が繰り返され、彼はジワジワと絶頂を迫らせていった。

そして彼は上から唇を重ね、舌をからめながら徐々に動きはじめていった。

ヌメリに合わせて腰を前後させると、すぐにも動きが滑らかになり、二人の接点からピチャクチャと湿った摩擦音が聞こえてきた。

いったん動きはじめると、あまりの快感に腰が止まらなくなった。

「アア……」

真菜が口を離し、顔を仰け反らせて喘いだ。

その開いた口から熱く洩れる甘酸っぱい息を嗅ぐと、もう気遣いも忘れたように彼は次第にリズミカルな律動を開始してしまった。

藤夫は高まりながら、いつしか股間をぶつけるほど激しく律動し、果実臭の息に酔いしれながら昇り詰めていった。

「く……!」

突き上がる大きな絶頂の快感に呻き、彼は熱い大量のザーメンをドクンドクンと勢いよく注入した。

「ああ、感じる……」

真菜がビクリと硬直して口走った。奥深い部分に、ザーメンの噴出を感じたのだろう。藤夫は摩擦快感を味わいながら、心置きなく最後の一滴まで美少女の中に出し尽くしていった。

すっかり満足しながら徐々に動きを止め、真菜にもたれかかっていくと、彼女も嵐が過ぎ去ったのを察したように、いつしかグッタリと身を投げ出していた。

痛みも麻痺し、今は初体験を終えた充足感に浸っているようだ。

「大丈夫だった？」

聞くと、真菜が小さく頷いた。

まだ膣内は、異物を確かめるような収縮が繰り返され、締められるたび過敏になった幹が中でヒクヒクと震えた。

そして藤夫は真菜のかぐわしい吐息を胸いっぱいに嗅ぎながら、うっとりと余韻に浸り込んだのだった。

あまり長く乗っているのも気が引けるので、呼吸が整わないうちに彼は身を起こし、枕元のティッシュを手にしながら、そっと股間を引き離した。

手早くペニスを拭いながら、処女を喪ったばかりの割れ目を見ると、小振りの陰唇が痛々しくめくれ、膣口から逆流するザーメンにうっすらと鮮血が混じっているのが認められた。

しかし量は多くなく、すでに止まっているようだ。

藤夫はそっと拭ってやり、呼吸が整うと支えながら身を起こしてやった。

全裸のまま部屋を出て風呂場に行き、残り湯で互いの股間を洗い流した。

もちろん彼自身は、すでにムクムクと回復しはじめている。

まあ立て続けの挿入は酷だろうから、口でしてもらえればベストである。

どうも、布団でセックスしてから、風呂場でオシッコと口内発射というのが藤夫のパターンになってしまったようだ。

それでも毎回相手が入れ替わるのだから、何とも恵まれたことで、実に贅沢な日々であった。

やがて藤夫はバスマットに座り、目の前に真菜を立たせたのだった。

5

「オシッコ出せる？　ほんの少しでもいいから」

藤夫は言い、立たせた真菜の片方の足を浮かせて浴槽のふちに乗せた。

そして開いた股間に鼻と口を埋めると、もう大部分の匂いは薄れてしまっていた。

「出すの……？」

「うん、嫌でなかったら」

「嫌じゃないけど、恥ずかしくて出ないかも知れないわ……」

真菜がガクガクと膝を震わせて言う。

「いいよ、いくらでも待つから」

藤夫は答え、舌を這わせた。すでにザーメンは洗い流されているが、新たな愛液がヌラヌラと溢れてきた。

真菜は何度か息を吸い込んで止めては、懸命に尿意を高め、それを繰り返した。羞恥や抵抗感と戦いながらも、言われたことを必死にしようとしてくれているのが可愛かった。

長くかかったが、ようやく舐めている柔肉の奥が迫り出すように盛り上がると、味わいと温もりが変化してきた。

「あう、出るわ……」

真菜が息を詰めて言うなり、チョロチョロとか細い流れがほとばしってきた。

藤夫は嬉々として口に受けて味わい、喉に流し込んだ。味も匂いも淡く、他の誰のものより清らかで、抵抗なく飲み込むことが出来た。

「アア……」

嚥下（えんげ）する音を聞いて真菜が喘ぎ、腰をよじるたびに流れが揺らいだ。

溢れた分が心地よく肌を伝いながら、完全に回復したペニスを温かく浸した。

ようやく勢いが衰え、間もなく流れが治まった。

藤夫は残り香の中で余りの雫をすすり、割れ目内部を舐め回した。

「も、もうダメ……」

真菜が腰を引いて言い、脚を下ろして座り込んできた。

そのまま藤夫はバスマットに仰向けになり、真菜を添い寝させた。

「いきそうになるまで指でして」

彼は言い、真菜の顔を引き寄せて唇を重ねた。

真菜も強ばりをニギニギしながら舌をからめ、彼もジワジワと高まった。

「唾を出して、いっぱい何度も」

言うと、真菜も懸命に唾液を分泌させ、口移しにトロトロと注いでくれた。

藤夫は生温かく小泡の多いシロップを味わい、うっとりと喉を潤した。

続けざまに吐き出しながら、指の動きが疎か（おろそ）になり、せがむように幹を震わせると
また動かしてくれた。

さらに彼は真菜の口を開かせ、鼻を押し込んで嗅いだ。

「ああ、なんていい匂い……」

藤夫は言いながら、口の中の甘酸っぱい匂いに、唇で乾いた唾液の匂い、それに下の歯の内側にある淡いプラーク臭も混じって悩ましく鼻腔が刺激されて、急激に絶頂を迫らせた。

彼の言葉に、かえって真菜は羞恥で激しく息を吐きかけてくれた。

「い、いきそう、お口でして……」

藤夫が言うと、真菜も顔を上げ、ペニスから手を離して彼の股間に移動した。

「ここも舐めて」

彼は言って両脚を浮かせ、両手で抱えて尻を突き出した。

すると真菜も屈み込み、厭わずチロチロと肛門を舐め回し、自分がされたようにヌルッと潜り込ませてくれた。

「あう、気持ちいい……」

藤夫は喘ぎながら、キュッと肛門で美少女の舌先を締め付けた。

真菜は熱い鼻息で陰嚢をくすぐり、中で舌を蠢かせるたび、屹立したペニスが粘液を滲ませてヒクヒクと上下した。

やがて脚を下ろすと、真菜は自分から陰嚢にしゃぶり付き、舌で睾丸を転がしてくれた。

さらに彼がせがむように幹を震わせると、いよいよ真菜もペニスに迫った。

「これが入ったのね……」

彼女は呟くように言い、幹にそっと指を添え、前進して口を寄せた。

そして粘液の滲む尿道口をチロチロと探り、張り詰めた亀頭をくわえると、さっき言われたようにスッポリと深く呑み込んできた。

舌をからめ、吸い付きながらチュパッと口を離し、それを繰り返した。

「いきそう、もう口を離さないで……」

藤夫が言うと真菜が深々と含み、彼がズンズンと股間を突き上げると、

「ク……」

喉の奥を突かれて呻き、たっぷりと唾液を出しながら自分も顔を上下させ、スポスポと摩擦しはじめてくれた。

シックスナインでも良いが、今は美少女のおしゃぶりする顔を見たかったので、彼は顔を上げて可憐な顔と頬張る口を見つめながら、そのまま激しく絶頂に達してしまったのだった。

「い、いく、気持ちいい……」

快感に口走ると同時に、ありったけのザーメンが勢いよくほとばしった。

他の誰よりも、清らかな口を汚す快感が加わった。

「ンンッ……」

喉の奥を直撃されて呻いたが、それでも真菜は噎せることなく、なおも強烈な摩擦と吸引、舌の蠢きを続行してくれた。たまにぎこちなく当たる歯も、実に新鮮な快感をもたらした。

「アア……」

藤夫は股間に熱い息を受けながら喘ぎ、心置きなく最後の一滴まで出し尽くしてしまった。

満足しながらグッタリと身を投げ出すと、真菜も動きを止め、亀頭をくわえたままじっとした。そして少し迷ったようだが、やがて口に溜まったものをコクンと一息に飲み干してくれたのだった。

「あう……」

喉が鳴ると同時に口腔がキュッと締まり、彼は駄目押しの快感に呻いた。

ようやく真菜が口を離し、なおも幹をニギニギしながら、尿道口に脹らむ白濁の雫まで丁寧に舐め取ってくれたのだった。

「あうう、もういい、有難う……」

藤夫は過敏に幹を震わせながら、クネクネと腰をよじって降参した。

真菜も舌を引っ込め、チロリと舌なめずりしたので、彼は抱き寄せて添い寝してもらった。

そして美少女の息を嗅ぎながら、余韻が覚めるまで胸に抱いてもらい、呼吸を整えた。真菜の息にザーメンの生臭さは残っておらず、さっきと同じ可愛らしく甘酸っぱい果実臭がしていたのだった……。


——身繕いを終えると昼になったので、藤夫と真菜は、香織と史絵が余分に作ってくれていたサンドイッチで昼食を済ませた。

「やっと大人になった感じ。今年中に体験できて良かったわ」

真菜が笑みを浮かべて言った。後悔している様子はないので、藤夫も安心したものだった。

そう、今日は大晦日で、明後日には真菜も十九歳になってしまうのだ。

(もう一回できるかな……)

藤夫は回復しそうになって思ったが、そうそう何度も挿入したり口内発射するのも気の毒に思えた。

すると、間もなく外で声がして、予定より早めに香織と史絵が戻ってきてしまったのだ。

「ただいま、お邪魔じゃないかしら」

「空が曇って、雨が降りそうになってきたから」

香織と史絵が上がり込んで言い、藤夫と真菜の様子を見て、どうやら無事に済んだらしいと察したようだった。

やがて香織が皆の分のコーヒーを淹れてくれ、休憩が済むと藤夫も洗い物をした。

もちろん香織も史絵も、二人のことをあれこれ詮索するようなことは言ってこなかった。

「大晦日だわね。年内のうちに少しでもレポートを進めておきましょう」

香織が言い、あとは各自部屋に引っ込んでレポートに取り組むことにした。

そして夕方、女性たちが夕食の仕度をし、藤夫は風呂を沸かした。幸い、何とか雨は降らずに済み、今は綺麗な夕焼け空だった。

夕食は肉たっぷりの野菜炒めにサラダ、真菜を除く皆はビールで乾杯した。

そして夕食と洗い物を済ませると、風呂が沸いたので、湯加減を見るため最年少の真菜が一番風呂に入った。

香織と史絵、藤夫の三人はテレビのある茶の間に移動して掘り炬燵に入った。

テーブルには蜜柑（みかん）の笊（ざる）が置かれ、いかにも昭和の茶の間であるが、もちろんテレビはブラウン管ではなく液晶だ。

テレビを点けて大晦日の特番を見ていたが、

「うまくいったようね。真菜の顔つきで分かるわ」

香織が言い、承知しているように史絵も頷いた。

「ええ、おかげさまで……」

藤夫は答えたが決まり悪くて、手にした蜜柑を炬燵の中に落としてしまった。

潜り込んで拾いにいくと、もちろん練炭などではなく赤外線の電気炬燵で、二人の素足が艶めかしく赤々と照らし出されている。

藤夫は香織の足を浮かせ、山歩きをしてムレムレになっている指の股を嗅いでしゃぶった。

香織は全く気にせず、外で史絵とテレビの感想など談笑している。

藤夫は両足ともしゃぶり、史絵の足指も嗅いで舐め回した。史絵も微かにビクリと反応したが、香織とのお喋りを続けていた。

しかし暑苦しくなってきたので、藤夫は落とした蜜柑を持って外に出た。

「年が明けたら、すぐ姉が来ると思うわ。明日の朝、山に良い場所があったので初日の出を拝みに行きましょう」

香織が言い、やがて真菜が風呂から上がったので、みな順々に入ってから茶の間に戻ってきた。どうやら大晦日の今夜だけは何もせず、年が変わるまでテレビの前で過ごすらしい。

藤夫も、今夜は初めて処女を味わった余韻の中で、今年を締めくくろうと思ったのだった。

第四章　美熟女の激しき欲望

1

「さあ、行きましょう。そろそろ日が昇るわ」

香織が言い、全員ジャージ上下にブルゾンを羽織って外に出た。

午前六時過ぎ、昭和百年（二〇二五）の元旦である。

曇ったのは昨日の昼間だけで、今朝も良く晴れていた。

香織が先頭に立ち、順々に小川脇の山道を登りはじめ、藤夫は最後尾についた。

起きて顔を洗っただけで出発したので、お雑煮は屋敷に戻ってからだ。

皆の吐く息が白くて艶めかしい。藤夫は前をゆく、昨日処女を喪ったばかりの真菜の尻を見て歩いた。

やがて、それほど大変な思いもせずに頂上に着くと、東の空もだいぶ明らみ、日の出は間もなくだった。

北には白い富士山がうっすらと見え、西には恵利子の住む集落から、さらに向こうの町まで見渡せた。

確かに、良い景色の場所を見つけたものだ。

他にも山々があって海は見えない。

だいいち山がなくても遥か向こうには三浦半島と房総半島があるので、水平線から昇る朝日は見えないのだ。

彼女たちは、みなスマホを用意して、もちろん藤夫も構えていた。

「出たわ！」

香織が言い、一斉に目を遣ると彼方の山から曙光が射してきた。

「わあ！」

皆が歓声を上げてスマホのシャッターを切ると、順序が逆だが、藤夫はスマホをポケットに入れて初日の出に柏手を打った。

すると、三人も思い出したように彼に倣った。

藤夫の願いは一つ、とにかく幸福が訪れるように、それだけだ。

もっとも今も充分過ぎるほど幸福なのだから、これが持続するように、という願いでも良いだろう。

「新年おめでとう、今年もよろしく」

四人で言い合い、香織が自撮りで全員を写した。

「おなかすいたわね」

香織が言い、やがて四人は、グングン登ってゆく朝日を背に山を下りた。

屋敷に戻るとブルゾンを脱ぎ、すぐお雑煮の仕度である。おせちなどは一昨日、恵利子の家から運んだ荷の中に少しだけあったものを出したが、現代っ子である彼女たちはあまり好まないようだった。

順々に餅を焼き、鍋の中に入れていく。

鍋はありものを全て入れたので、何やら雑煮というよりも餅入りのけんちん汁風になっていた。

出来上がると、鍋ごと茶の間のテーブルに運んで置き、テレビで正月番組を点けながら四人で掘り炬燵を囲んだ。

やがて食べはじめると、元日の餅など久々だと藤夫は思った。美大入学からずっと都内のアパート暮らしで、近いのに湘南の実家には滅多に帰らなかったのである。

父は平凡なサラリーマンで母はスーパーのパート、藤夫は一人っ子だが、別に彼が婿養子に行ってしまったところで大して気にしないタイプである。

などと、藤夫は新年から先々のことに思いを馳せてしまった。

「そういえば、真菜は明日が誕生日だから、今日が十八歳最後の日ね」

香織が思い出したように言うと、メガネ美女の史絵が、

「法律的には、前の日に歳を取るから今日が十九歳だわ。誕生日に歳を取ると、一日増えてしまうから」

と蘊蓄（うんちく）を述べた。

「そうか、それで学年は四月一日生まれまでなのね」

真菜も納得したように言い、昨日初体験を終えたことを思い出したように、チラと藤夫を見た。

やがて朝食を終え、僅かだったおせちも空になった。

藤夫は洗い物をし、彼女たちはテレビを観て寛（くつろ）いだ。カルタやトランプなどは持ってきていないらしい。

そして昼までノンビリし、またラーメンに餅など入れて昼食を済ませた。

すると車の音がしたので見ると、恵利子のワゴンではなく白いセダンだった。

「ママだわ」

真菜が気づいて言い、一同は外に出て美雪を出迎えた。

早乙女美雪、三十八歳、香織の姉で真菜の母親で、そして昭和佳人堂の次期社長である。

セミロングの黒髪に整った顔立ち、恵利子に匹敵する巨乳で、入社の時から藤夫が手ほどきを受けたいと思っていた美熟女だった。

常務の夫は、やはり穏やかで影が薄く、美雪の尻に敷かれている感じである。

それでも美雪はきつい性格ではなく、むしろ活発な香織とは反対に、女神様のように慈悲深く優しいタイプだった。

「おめでとうございます」

真打ち登場といった感じで、皆は口々に挨拶して美雪を招き入れた。

「みんな、仲良くやっていそうね」

一同の顔を見回し、美雪も安心したように笑顔で言った。

香織が人数分のコーヒーを淹れ、食堂のテーブルに集まった。

もちろん美雪だけは、すでに何度もこの屋敷に来ていたようだ。

すると、しばらく寛いでから美雪が、

「女性たちは、私の車で麻生さんの家へ行って。多くの親戚が集まるのでお手伝いと女の子たちの相手をしてやってほしいの」

香織に言って車のキイを渡した。

「ええ、分かったわ」

「親戚たちは女の子ばかりなので、坂巻君は留守番よ。私の事務仕事を手伝ってほしいから」

「はい、分かりました」

美雪に言われ、藤夫も頷いた。

やがてコーヒーを飲み終えると、香織と真菜、史絵は美雪の車で出ていった。

運転は香織だが、恵利子の家までは一本道だから分かるだろう。

三人が行ってしまうと、藤夫は美雪と二人きりになって妖しい期待に胸を高鳴らせてしまった。

(早乙女家の女たちは多情……)

それを思い出し、美雪が体よく他の女性たちを追い出した気がしたのである。

「では、事務仕事のお手伝いは何をすれば」

「君のお部屋へ行きましょう」

言われて、藤夫は美雪と一緒に自分の部屋に入った。布団が敷きっぱなしだが、彼女は気にしない風に室内を見回した。

「ほんの何日かだけど、この部屋だけは男の匂いがするわね」

「済みません。掃除もしているんですけど」

「ううん、好きな匂いだわ。それで、三人のうち好きな子は出来た？」

美雪が、熱っぽい眼差しを彼に向けて言う。やはり、仕事の手伝いなど何もないのだろう。

「いえ、みんな好きですけど……」

「そう、私のことは？」

「もちろんです。入社の時から、美雪さんにいちばん惹かれてましたので」

藤夫は興奮を高めながら答えた。もちろん上司でも、名で呼んでよい習慣だ。

そして、こうした台詞を平気で言えるようになったのも、何人もの女性と懇ろになったからだろう。

「そう、良かったわ。じゃ、脱いで」

女神様のように清らかさと気品に満ちた美雪が唐突に言い、自分からブラウスのボタンを外しはじめたではないか。

藤夫は驚き、緊張と興奮の中で脱ぎはじめた。

まさか新年早々、憧れの美熟女と姫はじめが出来るなどとは夢にも思っていなかったのだ。

美雪が脱いでゆき、見る見る白い熟れ肌が露わになっていくたび生ぬるく甘ったるい匂いが揺らめいた。

きっと、藤夫自身では気づかない男の匂いの中に、熟れた大人の女の匂いが混じりはじめたことだろう。

ためらいなく一糸まとわぬ姿になった美雪は、その名の通り色白の熟れ肌を布団に横たえ、全裸になった藤夫も添い寝していった。

「いいわ、好きなようにして」

美雪が身を投げ出して言う。

入社の時は彼を童貞と確信して、今はここで誰かとしているだろうと察し、成長したお手並み拝見といった感じである。

藤夫は、まるで童貞を捨てるときが来たように胸を高鳴らせながら、美雪の腕をくぐって甘えるように腕枕してもらった。

そして目の前で息づく巨乳を見ながら、腋(わき)の下に鼻を埋め込むと、

（うわ、腋毛が色っぽい……）

そこに煙る和毛（にこげ）に彼は激しく興奮を高めた。

それは恵利子ほど濃くないが、楚々とした恥毛に似た感触は実に艶めかしかった。

昭和を再現しているのか、夫婦生活がなくケアしていないのか分からないが、藤夫は和毛に生ぬるく籠（こ）もる濃厚に甘ったるい匂いに噎（む）せ返った。

恐らく入浴は昨夜しただけで、今日は朝から東京から車を飛ばして全身が汗ばんでいるのだろう。

藤夫は匂いに酔いしれながら、巨乳に手を這わせていった。

2

「アア、いい気持ちよ……」

美雪が熟れ肌を息づかせて喘ぎ、藤夫も充分に腋の匂いで胸を満たしてから乳首に移動していった。

チュッと乳首に吸い付いて舌で転がし、顔中で柔らかな巨乳を味わい、もう片方のメロンほどもある豊かな膨らみを揉みしだいた。

やがて両の乳首を充分に含んで舐めると、美雪はうっとりと目を閉じ、次第に熱く息を弾ませはじめていった。

藤夫は、もう片方の腋の下も貪るように嗅いでから、白く透けるような熟れ肌を舐め降りた。

形良い臍を探り、顔中を押し付けて下腹の心地よい弾力を味わい、豊満な腰のラインから脚を舌で下降していった。

脛はスベスベで、恵利子のような脛毛はないので、それほど体毛は濃くないのだろう。そして足首から足裏に回り込み、踵から土踏まずを舐めながら形良く揃った足指に鼻を割り込ませた。

やはりそこは、生ぬるい汗と脂にジットリ湿り、蒸れた匂いが悩ましく沁み付いて鼻腔が刺激された。

藤夫は充分に嗅いでから爪先にしゃぶり付き、順々に指の股に舌を潜り込ませて味わった。

「あう、そんなことしてくれるの……」

美雪が呻き、彼の舌を挟むように指を蠢（うごめ）かせた。

もう片方の爪先も味と匂いを貪り尽くし、彼は美雪の股を開かせた。

ゆっくりと脚の内側を舐め上げてゆき、ムッチリと量感ある内腿をたどって股間に迫ると、そこは熱気と湿り気が籠もり、すでに割れ目はヌラヌラと大量の愛液に潤っているではないか。

恐らく、来るときから藤夫としようと思っていたのだろう。

大股開きにさせて腹這い、股間に顔を寄せて見ると、ふっくらした丘にはやや薄めの恥毛が茂り、肉づきが良く丸みを帯びた割れ目からは縦長のハート型に陰唇がはみ出していた。

濡れた陰唇に指を当てて左右に広げると、かつて真菜が生まれ出てきた膣口が襞を入り組ませて息づき、微かに白っぽく濁った本気汁も滲んでいた。

包皮を押し上げるようにツンと突き立った真珠色のクリトリスは、小指の先ほどの大きさである。

美雪とすることで、これで藤夫は母娘と姉妹の両方を攻略することになるのだ。

熟れた割れ目の観察を終えると彼は顔を埋め込み、柔らかな茂みに鼻を擦りつけて隅々に籠もる熱気を嗅いだ。

甘ったるく蒸れた汗の匂いに、ほのかな残尿臭と、大量の愛液による生臭い成分も混じり、悩ましくブレンドされて鼻腔が搔き回された。

「いい匂い……」

胸を満たして言いながら舌を這わせると、

「アア……」

美雪が熱く喘ぎ、キュッと量感ある内腿で彼の顔を挟み付けた。

藤夫は濃厚な女の匂いに酔いしれながら、舌先を挿し入れて膣口の襞をクチュクチュ掻き回し、淡い酸味のヌメリを掬い取って味わい、ゆっくりとクリトリスまで舐め上げていった。

「ああ、いいわ……」

美雪が顔を仰け反らせて喘ぎ、締め付ける内腿に力を入れて悶えた。

藤夫は執拗にクリトリスを弾くように舐めながら、ヒクヒク息づく下腹と、巨乳の谷間で仰け反る色っぽい顔を見た。

そして味と匂いを存分に堪能すると、彼は美雪の両脚を浮かせ、何とも豊満な逆ハート型の尻に迫った。

谷間を広げると、可憐な薄桃色の蕾がひっそり閉じられ、視線と息を感じたようにキュッキュッと収縮した。彼は吸い寄せられるように鼻を埋め、顔中を双丘に密着させて嗅いだ。

残念ながら、さすがに東京から来たのだから蒸れた汗の匂いだけで、生々しい刺激は感じられなかった。

それでも湿り気を嗅いでから舌を這わせ、襞を濡らしてヌルッと潜り込ませると、

「あう……、そこも舐めてくれるの。いい子ね……」

美雪は拒むことなく呻いて言い、モグモグと舌を味わうように肛門を締め付けた。

藤夫は舌を蠢かせ、滑らかな粘膜を味わった。

舌を出し入れさせるように動かすと、鼻先の割れ目からヌラヌラと大量の愛液が漏れてきた。

「ね、そこに指を入れて、前にも両方……」

美雪が言う。

社で颯爽と仕事している上品な彼女とは一変し、とことん快楽には貪欲で、遠慮なく求めてきた。

藤夫も舌を引き離し、左手の人差し指を舐めて濡らすと、肛門に押し当ててそろそろと潜り込ませていった。そして膣口に右手の人差し指を当てると、

「あう、そこは指二本にして……」

美雪が正直に欲求を口にし、彼も二本の指を膣口に押し込んだ。

深々と前後の穴にそれぞれの指を潜り込ませ、さらにクリトリスに吸い付くと、

「アア……、すごく気持ちいいわ、動かして……」

美雪も脚を下ろし、クネクネと悶えながら言った。

藤夫は肛門に潜り込んだ指を蠢かせて小刻みに前後させ、膣内の指も内壁を擦り、天井のGスポットらしい膨らみを圧迫した。

「い、いい……、もっと強く……」

美雪が前後の穴で、指が痺れるほどきつく締め付けてせがんだ。

彼も両手を縮めて腹這いなので苦しかったが、執拗に指の愛撫を続け、クリトリスを舐め回し続けた。

「い、入れて……！」

すっかり高まった美雪が口走ると、藤夫は前後の穴からヌルッと指を引き抜いて身を起こした。

膣内にあった二本の指の間には愛液の膜が張り、指先は湯上がりのようにふやけてシワになっていた。肛門に入っていた指に汚れはないが、嗅ぐとようやく秘めやかなビネガー臭が感じられた。

とにかく彼女が仰向けに身を投げ出しているので、正常位で股間を進めた。

先端で割れ目を擦りながらヌメリを与え、もう迷うことなく張り詰めた亀頭を膣口に潜り込ませていった。

ヌルヌルッと根元まで押し込むと、何とも心地よい肉襞の摩擦と温もり、大量の潤いと締め付けが彼自身を包み込んだ。

「アアッ……！　奥まで届くわ……」

美雪が喘ぎ、若いペニスを味わうようにキュッキュッと締め付けた。標準の大きさと思うが、美雪の夫は藤夫より短めなのかも知れない。

股間を密着させると、美雪は自ら両手で巨乳を揉んでいた。

そして彼が身を重ねようとすると、

「待って、お尻の穴に入れてみて……」

美雪が言うので彼は驚いた。

「え？　大丈夫かな」

「ええ、指がすごく気持ち良かったし、前から試してみたかったの」

訊くと美雪が答える。

あるいは夫に頼んだが叶えてくれなかったのかも知れず、とにかく彼女は、あらゆる快楽を追究したいようだった。

興味を覚えた藤夫も、いったんヌルッとペニスを引き抜いた。

すると美雪は自ら両脚を浮かせて抱え、白く豊満な尻を突き出してきた。

舐めて濡らすまでもなく、ピンクの肛門は割れ目から溢れる愛液に潤っていた。

先端を押し当ててタイミングを計ると、美雪も口呼吸して懸命に括約筋を緩めているようだ。

「じゃ、入れますね。無理だったら言って下さい」

言うと彼女が頷き、藤夫もズブリと押し込んでいった。

すると角度もタイミングも良かったのか、最も太い亀頭のカリ首までが潜り込み、あとはズブズブと滑らかに根元まで押し込むことが出来た。

「あう……！　変な気持ち……」

美雪が呻き、モグモグと締め付けた。

「痛くないですか」

「ええ、動いて……」

言われて、藤夫も吸い付くような締め付けの中、そっと引き抜いてはズンと押し込み、それを繰り返しながら徐々にリズミカルに動きはじめた。

とうとう美熟女の肉体に残る、最後の処女を頂いてしまったのだ。

美雪も緩急の付け方に慣れてきたのか、次第に律動が滑らかになっていった。

藤夫も、膣とは違う感覚に高まってきた。

深く押し込むたび、尻の丸みが心地よく股間に密着して弾んだ。

さすがに入口はきついが、中は思ったより楽で、ベタつきもなく滑らかだった。

いつしか美雪は指で乳首をつまみ、もう片方の手は割れ目に這わせて執拗にクリトリスを擦りはじめていたのだった。

3

「い、いきそうよ、もっと強く突いて……！」

美雪が声を上ずらせて言い、最初からすっかり下地が出来上がっているように身悶えはじめていた。

やはり初めてのアナルセックスと、慣れたクリトリスへのオナニーで絶頂が迫っているのだろう。藤夫も美熟女のオナニーに興奮を高めながら、粘膜の摩擦に絶頂を迫らせた。

すると、美雪が急激にガクガクと狂おしい痙攣を開始したのだ。

「い、いっちゃう、アアーッ……！」

声を上げ、まるで潮を噴くように大量の愛液を噴出させ、直腸内の収縮も最高潮になった。恐らく膣内の収縮と連動しているのだろう。

たちまち巻き込まれるように、続いて藤夫も昇り詰めてしまった。

「いく……！」

絶頂の快感に貫かれながら短く口走り、彼は熱い大量のザーメンをドクンドクンと勢いよく注入したのだった。

「あう、感じるわ、もっと出して……」

噴出を感じた美雪が呻き、彼も股間をぶつけるように激しく動いた。

クチュクチュと湿った摩擦音と、肌のぶつかる音が交錯し、中に放ったザーメンでさらに動きがヌラヌラと滑らかになった。

そして左手の人差し指に残る匂いを嗅ぐと、さらに快感が増した。

最後の一滴まで心置きなくほとばしらせると、藤夫はすっかり満足しながら徐々に動きを止めていった。

「アア……」

すると美雪も声を洩らし、乳首と股間から指を離してグッタリと力を抜いた。

あるいはアナルセックスだけでなく、彼女自身の指でクリトリスが刺激されてオルガスムスに達したのかも知れない。

藤夫は引き抜こうと思ったが、ヌメリと締め付けで自然にペニスがゆっくりと押し出されてきた。

やがてツルッと抜け落ちると、肛門は丸く開いて一瞬粘膜を覗かせたが、徐々につぼまって元の可憐な形に戻っていった。

「さあ、早く洗った方がいいわね」

呼吸も整わず、余韻を味わう暇もなく美雪が言って起き上がった。

藤夫も立ち上がり、フラつく彼女を支えながら部屋を出ると、風呂場へと移動していった。

美雪は木の椅子に座り、その前に藤夫を立たせた。

残り湯を汲んでペニスに掛けると、美雪は石鹸を泡立てて甲斐甲斐しく両手で包み込むように洗ってくれた。

冷めた湯は冷たいが、火照(ほて)った肌に心地よかった。

もう一度残り湯を浴びせてシャボンを落とすと、美雪は消毒するようにチロリと尿道口を舐めてくれた。

「あう……」

藤夫は刺激に呻き、たちまちムクムクと回復していった。

「まあ、すごいわ。もう一回できるのね」

それを見た美雪が目を輝かせて言う。やはりアナルセックスだけでは物足りないのだろう。

「でも、その前にオシッコ出しなさい。中からも洗った方が良いから」

言われて藤夫は懸命に尿意を高め、半勃起しながら何とかチョロチョロと放尿をはじめた。

すると座っている美雪は幹を握り、流れを自分の巨乳に受けたのだ。

美女の肌にオシッコをかけるなど生まれて初めてのことで、藤夫は勃起を堪えながら小刻みに放尿した。

「ああ、いい気持ち……」

オシッコを浴びながら美雪がうっとりと言い、やがて出し終えるとペニスも完全に元の硬さと大きさを取り戻していった。

「ね、美雪さんもオシッコ出して」

藤夫は言って床に座り、目の前に彼女を立たせた。

そして片方の足を浮かせて浴槽のふちに乗せ、開いた股間に鼻を埋め込んだ。

まだ美雪はろくに洗っていないので、茂みに沁み付いた匂いはそのまま、うっとりと彼の胸に沁み込んできた。

「このまま出していいの……？」

美雪が、壁に手を突いて身体を支えながら言う。

「うん……」

舐めながら答えると、彼女も本気で尿意を高めはじめたようだ。

柔肉の奥が蠢き、熱さを感じると同時に、

「出るわ……」

美雪が息を詰めて言うなり、チョロチョロと熱い流れがほとばしってきた。

藤夫は口に受けて味わい、心地よく喉を潤した。やはり味も匂いも控えめで抵抗がなかった。

それでも勢いが増すと口から溢れた分が肌を伝い、すっかり回復したペニスが心地よく濡らされた。

「ああ、飲んでるの？　こんなことしてもらうの初めてよ……」

美雪がうっとりと放尿しながら言い、やがて勢いが衰えて流れが治まっていった。

藤夫は充分に味わい、点々と滴る余りの雫(しずく)をすすり、残り香の中で割れ目内部を舐め回した。

「も、もういいわ、続きはお部屋で……」

美雪が脚を下ろして言い、彼ももう一度水を浴びて身体を流した。

彼女は待ちきれないように、ろくに体を洗わず脱衣所に出た。どうせ夜にゆっくり入浴すれば良いと思っているのだろう。

美雪は、また甲斐甲斐しく藤夫の身体を拭いてくれた。

そして全裸のまま、再び部屋の布団に戻っていった。

今度は藤夫が仰向けになると、すぐにも美雪が彼を大股開きにし、その間に腹這いになって顔を寄せた。

すると美雪が彼の両脚を浮かせ、まず尻の谷間を舐めてくれたのである。

チロチロと肛門を舐め、熱い鼻息で陰嚢をくすぐりながら、やがてヌルッと潜り込ませてきた。

「あう、気持ちいい……」

藤夫は浮かせた脚を震わせて呻き、キュッと肛門で美雪の舌を締め付けた。

美雪は舌を出し入れさせ、彼が脚を下ろすと陰嚢にしゃぶり付いた。

股間に心地よく熱い息が籠もり、二つの睾丸が舌に転がされ、袋全体が温かな唾液にまみれた。

せがむように幹を上下させると、美雪も心得たように前進し、肉棒の裏側をゆっくり味わいながら舐め上げ、先端まで来ると幹に小指を立てた手を添え、粘液の滲む尿道口を舌先で探った。

そして張り詰めた亀頭をしゃぶり、丸く開いた口でスッポリと喉の奥まで呑み込んでいった。

「アア……」

温かく濡れた口腔に根元まで含まれ、彼は喘ぎながら幹を震わせた。

美雪も幹を締め付けて吸い、クチュクチュと満遍なく舌をからめ、生温かな唾液でペニスを浸してくれた。

さらに顔を上下させ、スポスポとリズミカルな摩擦が繰り返されると、

「い、いきそう……」

彼はすっかり絶頂を迫らせて言い、美雪もスポンと口を離した。

「入れていい？」

「ええ、跨いで上から入れて下さい」

答えると、すぐに美雪は身を起こして前進し、彼の股間に跨がってきた。

唾液に濡れた先端に割れ目を押し当てると、息を詰めてゆっくり腰を沈み込ませ、たちまち彼自身はヌルヌルッと滑らかに根元まで呑み込まれていった。

「アアッ……、いいわ、奥まで感じる……」

座り込んだ美雪が顔を仰け反らせて喘ぎ、やはりアナルセックスよりこっちの方が良いとばかりに、密着した股間をグイグイと擦り付けてきた。

彼女が身を起こして悶えるたび、巨乳が艶めかしく揺れた。

藤夫は両手を伸ばして抱き寄せると、美雪も身を重ねてきた。

胸に密着する巨乳を感じながら、彼は膝を立てて豊満な尻を支えた。

美雪は彼の肩に腕を回して肌の前面をくっつけ、

「アア、可愛い……」

熱く囁きながら、上からピッタリと唇を重ねてきたのだ。

ようやくキスすることが出来、彼も潜り込んだ舌を舐め回した。

「ンン……」

美雪は熱く鼻を鳴らしながら舌をからめ、鼻を左右に擦りつけるように、何度も顔を交差させ、そのたびに心地よく唇が擦れ合った。

熱い鼻息に彼の鼻腔が湿り、ほのかに唾液の香りも感じられた。
そして下からしがみつきながら、彼がズンズンと股間を突き上げると
「アア……、いい気持ち……！」
美雪が口を離し、淫らに唾液の糸を引きながら熱く喘ぎ、彼の動きに合わせて腰を上下させはじめたのだった。

4

「い、いきそうよ、もっと強く突いて、奥まで……！」

美雪が収縮と潤いを強めながら口走り、藤夫も勢いを付けて動いた。

やはり彼女もアナルセックスではなく、正規の場所が最も良いのだと、あらためて自覚したのだろう。

色っぽい美熟女の口から洩れる熱い息は、白粉のように甘い匂いと微かなオニオン臭も混じり、悩ましい刺激が鼻腔を搔き回してきた。

百パーセントの芳香でないところがギャップ萌えのように逆に興奮をそそり、何やら妖しい魔女に組み伏せられ、犯されているような気持ちになった。

何しろ藤夫にとって美雪は、経験した女性たちの中では最年長で、十五歳も年上なのである。

「唾を垂らして……」

絶頂を迫らせながら言うと、美雪も厭わず唾液を分泌させ、形良い唇をすぼめて迫ると、白っぽく小泡の多いシロップをトロトロと吐き出してくれた。

舌に受けて味わい、うっとりと喉を鳴らすと、さらに藤夫は美雪の開いた口に鼻を潜り込ませた。

すると美雪も下の歯並びを彼の鼻の下に当て、鼻全体を口でスッポリと覆ってくれた。しかも舌を左右に小刻みに蠢かせ、彼の鼻の頭や穴をヌラヌラと舐め回してくれたのだった。

「ああ、いい匂い……」

藤夫は美雪の口の中の匂いで、心ゆくまで鼻腔を満たして喘いだ。吐息と唾液の匂いに混じり、微かなプラーク臭も悩ましい刺激となり、彼は湿り気を胸いっぱいに吸い込んだ。

するると、たちまち美雪がガクガクと狂おしい痙攣を開始し、

「い、いく……、アアーッ……！」

声を上ずらせると、凄まじい勢いでオルガスムスに達したようだ。

同時に、その収縮に巻き込まれながら続いて藤夫も昇り詰め、

「く……！」

大きな快感に呻きながら、ありったけのザーメンをドクンドクンと勢いよくほとばしらせたのだった。

「あう、熱いわ……！」

噴出を感じた美雪が駄目押しの快感に声を洩らし、さらにキュッときつく締め上げてきた。

藤夫は快感を嚙み締めながら、心置きなく最後の一滴まで出し尽くしていった。とうとう母娘、姉妹と出来たのだと思い、満足しながら徐々に突き上げを弱めていくと、

「ああ……」

美雪も満足げに喘ぎ、熟れ肌の硬直を解くと力を抜き、グッタリともたれかかってきた。

まだ膣内は名残惜しげな収縮が繰り返され、そのたびに刺激されたペニスが中でヒクヒクと過敏に跳ね上がった。

そして藤夫は美熟女の温もりと重みを受け止め、かぐわしい息を嗅ぎながら余韻を

味わったのだった。

美雪も遠慮なく体重を預けながら荒い息遣いを繰り返していたが、次第に彼自身が満足げに萎えてくると、収縮とヌメリに押し出されていった。

「あう、抜けちゃう……」

美雪が声を洩らすと同時に、ペニスがツルッと抜け落ちてしまった。

すると彼女が手を伸ばしてティッシュを取り、手早く割れ目を拭うと、彼も横になったままペニスを拭いた。

「しばらくこうしていて……」

美雪はなおも腕枕し、藤夫の顔を胸に抱きながら熟れ肌を密着させてきた。

彼も和毛の煙る腋の下に鼻を埋め、呼吸を整えた。

さっきは興奮する匂いだったが、今は安らぎの匂いに感じられた。

いつしか美雪が軽やかな寝息を立てはじめたので、やはり東京からの長旅で疲れていたのだろう。

その寝息を嗅いでいるうち、藤夫もウトウトして、実に気怠く心地よい一時を過ごしたのだった……。

5

「昼間、姉としたのね……」

夜、みな各部屋に引き上げた頃、香織が藤夫の部屋に忍んできて囁いた。

やはり最年少の真菜はともかく、他の面々は何もかも知っているのだろう。

あれから藤夫も昼寝したので、淫気はすっかり満々になり、香織の来訪は実に嬉しかった。

さすがに元日なので夕方まで何もせず、女性たちが帰ってくると皆で料理を作って一杯やり、順々に入浴を済ませて一日を終えたのである。

その香織は、彼がナマの匂いを好むのを知っているので、まだ入浴はしていないようで、甘ったるい匂いを漂わせていた。夕方まで麻生家の手伝いをし、子供たちの相手でかなり動き回ったのだろう。

「い、いえ……」

何と答えて良いか分からず曖昧(あいまい)に言ったが、もちろん香織も深く追及してくるようなことはなく、それより期待に目をキラキラさせていた。

「もう全員知ったのね。きっと恵利子さんも含めて五人と。ずいぶん成長したでしょう。脱いで」

香織が言い、自分からジャージ上下と下着を脱ぎ去っていった。

藤夫を男にしたのは自分なので、どこか香織は最初に手ほどきをした大先輩というスタンスを持っていた。

もちろん藤夫も手早く全裸になり、先に布団に仰向けになっていった。

「すごい勃ってるわ。これが、みんなの中に入ったのね」

香織も一糸まとわぬ姿になって言い、彼の股を開いて腹這いになった。

そして彼の両脚を浮かせ、尻の穴から舐めはじめてくれた。

もう会話など必要なく、互いの欲望をぶつけ合うだけの淫靡な時間が始まったのである。

熱い息を吐きかけながらチロチロと肛門を舐め、ヌルッと潜り込んでくると、

「あう、気持ちいい……」

彼は妖しい快感に呻き、モグモグと味わうように肛門で香織の舌先を締め付けた。

真っ先にここから舐めてくれるというのも、一族の中で香織が最も多情な性を持っているからなのだろうか。

やがて舌で犯すようにクチュクチュと出し入れさせてから、彼女は舌を離し、陰嚢にしゃぶり付いた。

彼も脚を下ろし、熱い吐息を感じながら濃厚な愛撫を受け止めた。

二つの睾丸を転がすと、香織はまだペニスには向かわず、彼の内腿にも舌を這わせてきた。

「そこ、噛んで……」

「噛まれるの好きなの？」

思わず言うと香織が答え、大きく口を開いて内腿にかぶりついてきた。

前歯でなく、歯の全体で肉を頬張り、モグモグと噛み締めるので痛みより快感が勝った。

「あう、もっと強く……」

藤夫は甘美な刺激に腰をくねらせて呻き、彼女も噛みながら移動し、左右の内腿を満遍なく噛んでくれた。

もちろん加減してくれているので歯形が付くようなことはなく、それでも肌が温かな唾液にまみれた。

やがて香織は前進し、いよいよ肉棒の裏側を舐め上げてきた。

「そ、そこだけは噛まないで……」

「分からないわ。興奮して、思わず噛み切ってしまうかも」

言わずもがなの警告をしたが香織は悪戯（いたずら）っぽく答え、ゆっくり先端まで来ると粘液の滲む尿道口を舐め回した。

そして張り詰めた亀頭をくわえ、からかうようにそっと歯を当てたが、そのまま喉の奥までスッポリと呑み込んでいった。

「アア……」

温かく濡れた口腔に含まれ、藤夫は快感に喘いで幹を上下させた。

股間を見ると香織は上気した頬をすぼめて強く吸い付き、息で恥毛をそよがせながら口の中で舌を蠢かせた。

たちまち彼自身が唾液にまみれると、香織は顔を上下させスポスポと強烈な摩擦を開始した。

「い、いきそう……」

急激に高まった藤夫は、降参するように腰をよじって言った。

何しろ昼間は女神のように美しい姉に翻弄（ほんろう）され、夜はこうして奔放な妹に弄（もてあそ）ばれているのである。

「じゃ交代よ」

香織がスポンと口を引き離して言い、横になってきたので藤夫も入れ替わりに身を起こした。

そして仰向けに身を投げ出した香織の足裏に屈み込んで舌を這わせ、指の間に鼻を押し付けて嗅いだ。初日の出を拝みに行ってからずっと動きっぱなしだった指の股は、汗と脂にジットリと湿り、ムレムレの匂いが濃厚に沁み付いていた。

藤夫は蒸れた匂いを貪ってから爪先をしゃぶり、順々に指の股に舌を割り込ませ、両足とも味と匂いを貪り尽くしていった。

「アア、いい気持ち……」

香織はうっとりと喘ぎ、足はもういいからというふうに自ら大股開きになった。

彼も脚の内側を舐め上げ、水泳で鍛えた逞しい張りを味わった。

ムッチリした内腿にいくと、自分がされたようにそっと肉をくわえ込んでみた。

「いいよ、強く嚙んでも」

香織が言うので、藤夫も甘くモグモグと嚙み締めながら移動すると、何とも心地よい弾力が返ってきた。

そして両の内腿を味わうと、いよいよ中心部に顔を迫らせた。

まず先に、香織の両脚を浮かせて形良い尻の谷間に鼻を埋め込むと、可憐な蕾には秘めやかな匂いが沁み付いていた。

どうやら濡れナプキンの処理はしていないようだ。忘れていたのか、それとも藤夫のためかも知れない。

彼は嬉々として微かな刺激を嗅いでから舌を這わせ、ヌルッと潜り込ませると、微かに甘苦く滑らかな粘膜を探った。

「あう……、もっと動かして……」

香織が呻き、モグモグと肛門で舌を締め付けて言うと、藤夫も出し入れさせるように蠢かせた。

すると待ち切れないように、鼻先の割れ目からはトロトロと大量の愛液が漏れてきた。彼も待ちきれないように香織の脚を下ろし、割れ目に舌を挿し入れ、柔らかな茂みに鼻を埋め込んでいった。

隅々に生ぬるく籠もる、蒸れた汗とオシッコの匂いを貪り、息づく膣口からゆっくりクリトリスまで舐めていくと、

「アアッ……、いい気持ち……、嚙んで……」

香織がビクッと顔を仰け反らせてせがんだ。

やはり香織ぐらいになると、触れるか触れないかという微妙なタッチより、強い刺激の方が好みなのかも知れない。

それでも強く嚙むわけにいかないので、彼は上の歯で包皮を押し当て、完全に露出したクリトリスを舌で弾いた。要するに、上の歯と舌で挟むように、小刻みに刺激したのである。

「あう、それいい……」

香織も気に入ったように声を弾ませ、ヒクヒクと白い下腹を波打たせた。

愛液の量もヌラヌラと格段に増し、藤夫は味と匂いに酔いしれながら執拗にクリトリスを責めた。

やがて彼の顔を挟む内腿にキュッキュッと強い力が入ると、

「いいわ、入れて……」

香織が言い、藤夫も股間から身を離した。

すると彼女が寝返りを打ち、四つん這いになって尻を突き出してきたのである。

「色んな体位を試しなさい。最初はバックからよ」

言われて、身を起こした藤夫も膝を突いて股間を進めた。

確かに、女上位ばかりでは良くないし、多くを体験するのも興味深かった。

やはり香織は、最初の女性であり師匠なのである。

しかし、最初はバックと言うからには、まだまだ果てるわけにいかないだろう。

とにかく彼は股間を迫らせ、バックから膣口に先端をあてがい、ゆっくり挿入していった。

そのままヌルヌルッと根元まで押し込むと、尻の丸みが股間に密着し、何とも心地よく弾んだ。

「アアッ……、いいわ……」

香織が顔を伏せて喘ぎ、キュッと締め付けながら白い背中を反らせた。

藤夫もその背にのしかかり、両脇から回した手で乳房を揉みしだき、徐々にズンズンと腰を前後させはじめていった。

香織も尻を前後させて動きを合わせると、クチュクチュと摩擦音がして、溢れる愛液が彼女の内腿にも伝いはじめたようだった。

藤夫は彼女の髪に鼻を埋めて匂いを嗅ぎ、肉襞の摩擦に高まってきた。

しかし彼女の顔が見えないのが物足りないと思った途端、

「いいわ、抜いて……」

香織が言い、藤夫も身を起こして引き抜いた。

やはり彼女も、バックだけで果てる気はないようだった。

香織は横向きになり、上の脚を真上に差し上げた。

「今度は松葉くずし、跨いで入れて」

香織が言い、藤夫も彼女の下の内腿を跨ぎ、再びヌルヌルッと根元まで挿入し、上になった脚に両手でしがみついた。

「アア……、これも変わった感じでいいでしょう……」

「ええ……」

答えながら藤夫は腰を動かした。互いの股間が交差しているので密着感が高まり、擦れ合う内腿も心地よかった。

しかも膣口のみならず、股間から内腿全体が吸い付いてくるようである。

確かに変わった感覚だが、やはりここで果てる気はない。

「いいわ、最後は正常位で」

すると香織が言い、藤夫が再び引き抜くと彼女は仰向けになって脚を開いた。

股間を進め、正常位で深々と貫くと、

「アア……、いいわ、もう抜かないで……」

香織が言い、両手を伸ばして彼を抱き寄せてきた。

藤夫も脚を伸ばして身を重ね、あらためて膣内の温もりと感触を味わった。

香織は下から両手でしがみつき、彼はまだ動かず、屈み込んでまだ舐めていない左右の乳首を含んで吸った。

両の乳首を交互に舌で転がし、顔中で膨らみを味わってから、彼女の腋の下にも鼻を埋め込んで嗅いだ。

すると濃厚に甘ったるい汗の匂いが籠もって鼻腔を掻き回し、悩ましく胸に沁み込んできた。

充分に胸を満たすと、藤夫は香織の肩に腕を回し、肌の前面を完全に密着させた。

胸の下で乳房が弾み、彼は上からピッタリと唇を重ねていった。

舌を挿し入れ、滑らかな歯並びを舐めると、彼女も歯を開いて受け入れ、ネットリと舌をからめてきた。

息で鼻腔を湿らせ、滑らかに蠢く舌を味わいながら徐々に腰を動かしはじめると、

「アア……、いきそうよ……」

香織が口を離して熱く喘いだ。

下からもズンズンと股間が突き上げられるが、もうタイミングが合わず抜け落ちるようなことはなかった。

やはり僅かの間に藤夫も確かに成長し、女体のテクや扱いに長けてきたのだろう。

次第にリズミカルに動きながら、彼が喘ぐ香織の口に鼻を潜り込ませて嗅ぐと、濃厚なシナモン臭と唾液の匂いが鼻腔を悩ましく掻き回してきた。

嗅ぎながら腰を遣うと、あまりの快感に動きが止まらなくなり、いつしか股間をぶつけるように律動していた。

そして果てそうになると動きがセーブでき、また落ち着いてから動けば良く、これが正常位の良いところだと感じた。

動きに合わせてピチャクチャと湿った音が響き、揺れてヒタヒタとぶつかる陰嚢まで熱い愛液にまみれた。

しかもネット情報では、突くより引く方を意識すると良いと書かれていたのだ。

カリ首の傘は原始時代、先に放った他の男のザーメンを掻き出すためにできたと言われている。

そして引く方が、傘が天井の内壁を擦り、女性の快感が増すようだった。

絶頂を堪えながらそれを繰り返すうち、次第に香織の全身がガクガクと波打ち、腰が跳ね上がりはじめた。

「い、いっちゃう、すごいわ……、アアーッ……！」

たちまち香織は狂おしい痙攣を開始し、激しくオルガスムスに達してしまったのである。

続いて藤夫も限界に達し、大きな絶頂の快感に全身を貫かれてしまった。

「く……、気持ちいい……」

彼は口走り、ありったけの熱いザーメンをドクンドクンと勢いよく注入した。

「あう、もっと……！」

噴出を受けた香織が呻き、キュッキュッときつく締め付けてきた。

藤夫も快感を噛み締め、心置きなく最後の一滴まで出し尽くしていった。

満足しながら徐々に動きを弱め、力を抜いてもたれかかっていくと、

「アア……、良かったわ。すごく……」

香織も強ばりを解いて、グッタリと身を投げ出しながら言った。どうやら一人前と認めてくれたようである。

まだ息づく膣内でヒクヒクと幹が過敏に震え、藤夫は遠慮なくのしかかりながら、香織の喘ぐ口に鼻を潜り込ませ、かぐわしく濃厚な吐息を胸いっぱいに嗅いで余韻を味わった。

そして呼吸を整え、そろそろと身を離すとティッシュで互いに処理をした。

やがて二人で風呂場へ移動したが、香織も今日は疲れたからゆっくり浸かると言うので、藤夫も身体を流しただけで、二回目の口内発射は我慢して大人しく自室に戻っていったのだった。

そして彼は布団に横になり、恐らく生涯で一番良い正月である今日を思い出しながら、ゆっくりと眠りについたのだった……。

第五章　目眩(めくるめ)く三つ巴(どもえ)の快楽

1

「じゃ、私と香織は出かけますからね、あとはよろしく」

　翌朝、朝食を終えて洗い物を済ませると美雪が言った。どうやら麻生家や近在への挨拶、残り少なくなった食材の買い出しに行くようだ。

　やがて上司の姉妹が車で出て行ってしまうと、史絵と真菜と残った藤夫は、また妖しい期待に胸をときめかせた。

　今朝、藤夫はトイレで大小の用を足したあと、そっと風呂場へ行って股間の前後を洗い流しておいたのである。それは、今日も昼間のうちから何か良いことがあるだろうと予想してのことだった。

すると、二人も同じ気分だったらしく、すぐにもメガネ美女の史絵が言ったのだ。

「ね、真菜ちゃんのお誕生日祝いしましょう。彼女の部屋で」

どういうことか分からないが、藤夫も立ち上がり、三人で真菜の部屋に入った。

まだ布団が敷かれたままで、室内にはすっかり思春期の体臭が甘ったるく立ち籠めていた。

しかも、史絵も真菜も、すっかり打ち合わせを済ませているように、何やら意味ありげな表情を浮かべている。

そういえば真菜が社にバイトに来たときも、史絵とはやけに親しくしているのを見たことがあるので、どうやら以前からこの二人は仲良しだったのだろう。

「真菜ちゃんの処女を奪った人を、今日は二人で味わってみたいんです」

史絵が言い、真菜と顔を見合わせるなり手早くジャージ上下を脱ぎはじめてしまったではないか。

「え……？」

「さあ、藤夫さんも早く脱いで」

史絵が、初めて彼を名で呼んで言い、見る見る二人は肌を露わにしていった。

妖しい期待はしていたが、まさか３Ｐになるなどとは夢にも思っていなかった。

どうせ、どちらかが散歩にでも出て、一対一になるぐらいに思っていたのである。

とにかく夢のような展開に興奮と期待を高め、藤夫も急いで全裸になると、まず彼は布団に仰向けにさせられた。

枕にもシーツにも、美少女の体臭が悩ましく沁み付き、すっかり勃起したペニスに刺激が伝わってきた。

「もうこんなに勃(た)ってるわ」

二人も一糸まとわぬ姿になると、彼自身を見て言い、左右から彼を挟み付けるように添い寝してきた。史絵は全裸に、メガネだけは掛けたままだ。

「じっとしてて、私たちの好きにさせてね」

史絵が言い、真菜もすっかり承知しているように体をくっつけてきた。

そして二人は、まず藤夫の左右の耳に顔を迫らせた。

唇が開いたか、両側から微かにクチュッと湿った音が耳元に聞こえ、同時に左右の耳たぶが噛まれた。

「あう……」

ダブルの刺激に彼は呻き、首筋をくすぐる息に、激しい快感を覚えて思わずビクリと肩をすくめた。

二人は咀嚼するようにモグモグと歯を動かしながら、両耳に息を吐きかけ、さらに左右の耳の穴に舌を潜り込ませてきた。

舌が蠢くと、聞こえるのはクチュクチュいう湿った音だけで、何やら頭の内側まで舐められているような気分になった。

そして充分に耳の穴を舐め回すと、二人は申し合わせたように彼の首筋の左右を舐め降り、息で肌をくすぐりながら下降し、左右の乳首に同時にチュッと吸い付いてきたのだった。

「ああ、気持ちいい、嚙んで……」

藤夫は完全な受け身になり、二人がかりの愛撫に喘ぎながら、さらなる強い刺激を求めた。すると二人も両の乳首をキュッキュッと甘く嚙んでは、チロチロと舌を這わせてきた。

「あう、もっと強く……」

藤夫は甘美な痛み混じりの刺激にクネクネと悶えてせがみ、二人も綺麗な歯並びで執拗に愛咬を繰り返してくれた。

やがて二人の口が移動し、脇腹にもキュッと歯が食い込み、さらに腰から脚まで舌と歯で這い下りていった。

何やら藤夫は、二人の小悪魔に全身を食べられていくような興奮に包まれた。

股間を避けて後回しにするのも、すっかり藤夫の定着した愛撫パターンに倣（なら）っているかのようだ。

そして驚いたことに二人は足首まで舐め降りると、同時に彼の足裏を舐め、爪先にまでしゃぶり付いてきたのである。しかも厭わずヌルッと指の股にも、舌を割り込ませてきた。

「あう……、いいよ、そんなことしなくて……」

藤夫は申し訳ない快感に呻いて言ったが、二人は順々に全ての指の間に舌を潜り込ませたのだ。どうやら愛撫で悦（よろこ）ばせるというより、二人がかりで男を賞味しているようである。

まるで生温かなヌカルミを踏むような心地で、藤夫はそれぞれ唾液に濡れた指先で彼女たちの滑らかな舌をキュッと挟んだ。

風呂場で股間のみならず、足も洗っておいて良かったと思ったものである。

やがて充分に舐め尽くすと、二人は彼を大股開きにさせ、脚の内側を舐め上げてきた。もちろん内腿にはキュッと歯並びが食い込み、左右非対称の刺激を受けるたび、彼はウッと息を詰めて反応した。

そして二人が頬を寄せ合い、いよいよ股間に迫ってくると、史絵が彼の両脚を浮かせて尻に向かったのである。

谷間に史絵の舌が這うと、真菜は尻の丸みを舐めたり噛んだりしてきた。

ヌルッと舌が潜り込むと、

「あう、気持ちいい……」

藤夫は快感に呻き、モグモグと史絵の舌先を肛門で締め付けながら屹立した幹を上下させ、粘液を滲ませた。

「何も匂いがしないわ。洗っちゃったのね、ずるいわ。臭いがしたら、うんと苛めようと思っていたのに」

史絵が舌を離して言うと、真菜がすかさず肛門を舐め回し、同じようにヌルッと潜り込ませてきた。

立て続けだと、それぞれの舌の温もりや蠢きが微妙に異なり、藤夫はいかにも二人にされているのだということを身を持って実感した。

やがて二人は充分に彼の肛門を舐め回すと、ようやく脚を下ろし、再び股間に顔を寄せ、頬を寄せ合った。

今度は陰嚢が同時に舐め回され、それぞれの睾丸が二人の舌に転がされた。

「アア……」

混じり合った熱い息が股間に籠もり、藤夫はうっとりと喘いだ。

二人も、互いに同性の舌が触れ合っても気にしていないようなので、あるいはレズごっこぐらいしてきた仲なのではないかと思った。

陰嚢全体がミックス唾液にまみれると、いよいよ二人は前進してきた。

肉棒の裏側と側面を、二人の滑らかな舌がゆっくり這い上がり、先端まで来ると争うように尿道口から滲む粘液を舐めはじめたのだ。

もちろん張り詰めた亀頭にも二人の舌が這い回り、先に姉貴分の史絵がスッポリ呑み込み、クチュクチュと舌をからめてから、吸い付きながらスポンと口を離すと、すかさず真菜がしゃぶり付いてきた。

それが交互に繰り返されると、

「ああ、すごい……」

藤夫は二人分の唾液に濡れた幹を震わせて喘ぎ、もうどちらの口に含まれているか分からないほど快感と興奮で朦朧となってきた。

「い、いきそう……」

彼は、急激に絶頂を迫らせて喘いだ。

このまま射精して二人の口を汚してしまうのも魅力だが、やはり今度は舐める側に回りたい。

すると二人も口内発射を避けるように、同時に顔を上げてくれた。

「どうしたいですか？」

史絵が訊いてきた。二人とも、すっかり頬が上気している。

「顔に脚を乗せて」

言うと、二人もためらいなく身を起こし、藤夫の顔の左右にスックと立った。

真下からの全裸美女たちの眺めは素晴らしく、それぞれの割れ目も濡れているのが見て取れた。

すぐにも二人は互いに体を支え合い、そろそろと片方の足を浮かせると彼の顔に乗せてくれたのだ。

真菜も、史絵が最初の男である彼の顔を踏むことに抵抗感を覚えていないようなので、藤夫は二人の快楽の道具にされている興奮を覚えた。

二人の足裏は冷たくなく、むしろ全身が火照っているかのように生温かかった。

彼はそれぞれの足裏を舐め、指の間に鼻を押し付けてか、嗅ぎ比べるように蒸れた汗と脂の匂いを貪った。

どちらもムレムレの匂いが悩ましく沁み付き、しかも二人分となると刺激が鼻腔を搔き回してきた。

「あん、くすぐったいわ……」

真菜が喘ぎ、史絵と一緒にガクガクと脚を震わせた。

藤夫は爪先にしゃぶり付いて指の股に舌を割り込ませ、二人平等に舐め回すと、やがて二人も足を交代し、彼は新鮮な味と匂いを貪り尽くしたのだった。

2

「じゃ、顔に跨がってしゃがんで」

仰向けのまま言うと、やはり先に史絵が跨がり、和式トイレスタイルでしゃがみ込んできた。

横で、真菜も添い寝して史絵の割れ目を覗き込んでいた。

史絵の割れ目は、しゃがみ込んだため陰唇が広がり、濡れて息づく膣口と、光沢あるクリトリスが丸見えになっている。

藤夫は史絵の腰を抱き寄せ、柔らかな茂みに鼻を埋め込んで嗅いだ。

一晩のうちに、たっぷりと沁み付いた汗とオシッコの臭いが蒸れて、悩ましく鼻腔を刺激してきた。

鼻腔を満たしながら舌を挿し入れ、淡い酸味のヌメリを掻き回し、息づく膣口の襞からクリトリスまで舐め上げていくと、

「アアッ……、いい気持ち……！」

史絵が熱く喘ぎ、新たな愛液をトロトロと漏らしてきた。

藤夫は味と匂いを貪り、充分にクリトリスを舐めてから、尻の真下に潜り込んでいった。

顔中にムッチリした双丘を受け止めながら、谷間の蕾に鼻を埋め込み、蒸れた匂いを嗅ぐと悩ましい刺激が感じられた。

藤夫は胸を満たしてから舌を這わせ、襞を濡らしてヌルッと潜り込ませると、

「あう……」

史絵が呻き、キュッと肛門で舌先を締め付けてきた。

彼が舌を蠢かせて滑らかな粘膜を探ると、

「も、もういいわ、続きは真菜ちゃんにしてあげて……」

待っている真菜のため、史絵は快楽を中断して言い、懸命に股間を離した。

すると真菜もすかさず彼の顔に跨がり、脚をM字にさせてしゃがみ込んできた。

藤夫は楚々とした若草に鼻を埋め込み、蒸れた汗とオシッコの匂い、そして淡いチーズ臭を嗅ぎながら舌を挿し入れていった。

真菜の割れ目も史絵に負けないほどヌラヌラと潤い、彼は処女を喪ったばかりの膣口の襞をクチュクチュ掻き回して味わった。

そしてゆっくりと小粒のクリトリスまで舐め上げていくと、

「あん……！」

真菜が喘ぎ、力が抜けて座り込みそうになるのを、懸命に彼の顔の左右で両足を踏ん張った。

チロチロと舌を小刻みに蠢かせてクリトリスを舐めると、蜜の量が増し、しゃがみ込んでいられないほど真菜が悶えはじめた。

やがて藤夫は真菜の尻の真下に潜り込み、大きな水蜜桃のような双丘を顔中に受け止めた。

谷間の蕾に鼻を埋めて嗅ぐと、やはり秘めやかに蒸れた生々しい匂いが鼻腔を刺激してきた。やはり史絵も真菜も、香織のように濡れナプキンの処理はしていないのである。

藤夫は美少女の恥ずかしい匂いを貪ってから舌を這わせ、ヌルッと潜り込ませて、甘苦く滑らかな粘膜を探った。

「あう……!」

真菜が呻き、キュッと肛門で舌先を締め付けた。

藤夫が執拗に舌を蠢かせていると、いつしか史絵が彼の股間に屈み込み、再び亀頭にしゃぶり付いてきたのだ。

そして充分に唾液に濡らすと、

「先に入れるわね」

史絵が言って、前進して跨がってきた。

すると、挿入する様子が見たいのか彼の顔から真菜が股間を離して移動した。

史絵は先端に割れ目を擦り付け、息を詰めながら位置を定めると、ゆっくりと腰を沈み込ませていった。

たちまち張り詰めた亀頭が潜り込み、ヌルヌルッと滑らかに潜り込んだ。

「入っていくわ……」

覗き込みながら真菜が言い、やがて史絵は根元まで受け入れると、ピッタリと股間を密着させてきた。

「アア……、いい気持ち……」

史絵はメガネの顔を仰け反らせて喘ぎ、グリグリと股間を擦り付けながら身を重ねてきた。藤夫も心地よい温もりと感触を味わい、両手で抱き留めると膝を立てて尻を支えた。

すると真菜も添い寝し、肌をくっつけてきた。

藤夫はまだ動かず、潜り込むようにして史絵の両の乳首を吸い、舌で転がしながら顔中で膨らみを味わった。

そして彼は横にいる真菜の胸も引き寄せ、同じように左右の乳首を含み、充分に舐め回してやった。やはり平等にしないといけないし、どちらも隅々まで味わいたかったのだ。

二人分の乳首を味わうと、さらに藤夫は二人の腋の下にも鼻を埋め込み、ジットリ湿って甘ったるい汗の匂いに噎せ返った。これも二人分となると、濃厚に鼻腔が満たされてきた。

やがて史絵が自分から、股間を擦り付けるように動きはじめたのだ。

彼もズンズンと股間を突き上げると、たちまち大量の愛液で律動が滑らかになり、ピチャクチャと湿った摩擦音が聞こえてきた。

「アア、すぐいきそうだわ……」

史絵が喘ぎ、収縮と潤いを増していった。

そして史絵が上からピッタリと唇を重ねてくると、何やら対抗するように真菜も横から唇を割り込ませてきたのである。

藤夫は舌を這わせ、伸ばされた二人の舌を舐め回し、混じり合った吐息で顔中を湿らせた。

実に贅沢な快感である。どちらの舌も生温かな唾液に濡れ、ヌラヌラと滑らかに蠢いた。

「唾を垂らして」

高まりながら言うと、二人も交互に口を寄せ、トロトロと白っぽく小泡の多い唾液を吐き出してくれたのだ。

藤夫は口に注がれる、通常よりずっと多い量を味わい、二人分のミックス唾液でうっとりと喉を潤したのだった。

「顔中もヌルヌルにして」

さらにせがむと、二人も舌を這わせ、彼の頬から鼻筋、瞼(まぶた)から口の周りまで貪るように舐めてくれた。

それは舐めると言うより、垂らした唾液を舌で塗り付ける感じで、たちまち藤夫の顔中はパックされたように、二人分の唾液でヌルヌルにまみれた。

三人が顔を突き合わせているので、混じり合った息で史絵のレンズが曇った。

さらに藤夫は突き上げを強めながら、それぞれの開いた口に鼻を潜り込ませ、濃厚な匂いに酔いしれた。

史絵の口は花粉臭の刺激を含み、それに真菜の甘酸っぱい果実臭の吐息が混じり合って悩ましく鼻腔を掻き回した。

二人分の息の匂いを嗅げるなど、これも実に贅沢なことだった。

「い、いく……！」

たちまち藤夫は口走り、二人分の息と唾液の匂いに包まれ、肉襞の摩擦の中で昇り詰めてしまった。

溶けてしまいそうに大きな絶頂の快感が全身を包み込み、彼は熱い大量のザーメンをドクンドクンと勢いよくほとばしらせた。

「いくわ、気持ちいい……、アアーッ……！」

すると同時に史絵も声を上ずらせ、ガクガクと狂おしいオルガスムスの痙攣を開始したのだった。

収縮が増して快感が高まり、藤夫は心置きなく最後の一滴まで出し尽くしてしまった。そして真菜は、史絵の凄まじい絶頂に息を呑んで見守っていた。

すっかり満足しながら彼が徐々に突き上げを弱めていくと、

「アア……」

史絵も声を洩らし、力尽きたようにグッタリともたれかかってきた。

「すごいわ、そんなに良いものなのね、セックスって……」

真菜が嘆息混じりに呟いた。

藤夫は完全に動きを止めると、まだ息づく史絵の膣内でヒクヒクと過敏に幹を跳ね上げた。

そして二人分の温もりを受け止め、混じり合ったかぐわしい吐息を胸いっぱいに嗅ぎながら、うっとりと快感の余韻に浸り込んでいったのだった。

真菜も、何やら二人の絶頂が伝わったようにグッタリとなっていた。

やがて呼吸を整えると、史絵がそろそろと身を起こし、

「一度身体を流したいわ……」

言うので藤夫と真菜も起き上がり、ティッシュで軽く拭ってから三人で部屋を出ると、風呂場へと移動していったのだった。

3

「じゃ、オシッコかけてね」

風呂場の床に座った藤夫は言い、左右に立たせた史絵と真菜に肩を跨がせた。

すると二人も、まだ興奮覚めやらぬように、素直に彼の顔に向け、左右から股間を突き出してくれた。

藤夫と史絵は残り湯で股間を洗い流したが、真菜はまだ浴びていない。

だから藤夫が左右の割れ目を舐めても、史絵の方はすっかり匂いが薄れてしまったが、真菜の方はまだ可愛らしい匂いが沁み付いたままだった。

交互に舌を這わせると、二人とも新たな愛液を漏らしはじめた。

「ああ、出るかしら……」

「私はもう出すわよ」

真菜が不安げに言うと、史絵はすっかり尿意を高めて答えた。

「待って、一緒に……」

真菜も、あとからだと注目されて恥ずかしいのか、必死に力を入れて言った。

代わる代わる割れ目内部を舐めていると、やがて史絵の柔肉が迫り出すように盛り上がった。

「あう、出るわ……」

史絵が息を詰めて短く言うなり、たちまち柔肉の温もりと味わいが変化して、チョロチョロと熱い流れがほとばしってきた。

藤夫は舌に受けて味わい、喉を潤しながら味と匂いに酔いしれると、

「で、出ちゃう……」

ようやく真菜が声を洩らし、か細い流れを彼の肌に注ぎはじめた。

そちらに顔を向けて口に受けると、清らかな味と匂いが胸に沁み込んできた。

藤夫が美少女の出すものを飲んでいると、その間も史絵の流れが肌に温かく浴びせられていた。

淡い匂いでも、やはり二人分となると悩ましい刺激となって鼻腔が掻き回された。

藤夫は交互に顔を向けて流れを味わっていたが、やがて二人の勢いが同時に衰えていった。

真菜の方は、あまり溜まっていなかったのだろう。

二人の流れが治まると、彼はそれぞれの割れ目を舐めて雫をすすった。

そして二人分の残り香の中で、新たに溢れてくる愛液を舐め取った。

もちろん二人分の聖水を浴び、彼自身はすっかりピンピンに回復している。

「も、もうダメ……」

執拗に舐められ、真菜が言って股間を離すと、史絵も離れて残り湯を汲んだ。

三人で全身を流し、脱衣所で身体を拭くと、また全裸のまま部屋の布団に戻っていったのだった。

もちろん一度の射精で解放されるはずもない。まだ真菜への挿入が残っているのである。

それに、まだまだ美雪と香織の帰宅までには充分な時間があるだろう。

藤夫が仰向けになると、また二人は顔を寄せ合い、一緒に張り詰めた亀頭を念入りにしゃぶってくれた。

「ああ、気持ちいい……」

藤夫も、さっきの射精などなかったかのように快感を得て喘いだ。

やはり相手が二人もいると、回復も興奮も倍になっているのだろう。

やがてペニスがミックス唾液で充分に濡れると、二人は顔を上げ、藤夫もいよいよ挿入に備えて気を引き締めた。

「じゃ、跨いで入れるといいわ。上になるのは初めてでしょう?」

史絵に言われ、真菜が頷きながら身を起こすと、仰向けの藤夫の股間にそろそろと跨がってきた。

今度は史絵が、二人の結合を脇から覗き込んできた。

真菜がそっと幹に指を添え、先端に割れ目を押し当ててきた。

そしてヌメリに合わせ、意を決して腰を沈み込ませていくと、張り詰めた亀頭が潜り込んだ。

「あう……」

真菜が眉をひそめて呻いたが、自らの重みと潤いで座り込み、たちまち彼自身はヌルヌルッと滑らかに根元まで呑み込まれていった。

「アア……!」

真菜が顔を仰け反らせて喘ぎ、ぺたりと座り込んで股間を密着させた。

藤夫も肉襞の摩擦ときつい締め付け、熱いほどの温もりと充分な潤いを感じながら快感を噛み締めた。

「二度目だから痛くないでしょう?」

「ええ……、奥が、熱いわ……」

横から史絵が囁き、真菜も自身の奥にある感覚を観察しながら小さく答えた。

やがて藤夫が両手を伸ばして抱き寄せると、真菜が身を重ねてきた。

そして彼が膝を立てて弾力ある尻を支えると、史絵も添い寝して横から肌を密着させてきた。

藤夫は美少女の膣内の締め付けと温もりを味わいながら、真上の真菜と、横の史絵の顔を引き寄せ、また三人で鼻を突き合わせて舌をからめた。

チロチロと舐め回すと、二人もすっかり彼の性癖を分かったように唾液も注いでくれた。

藤夫は二人分の唾液を飲み込んで酔いしれ、真菜の口に鼻を押し込み、濃厚に甘酸っぱい吐息で胸を満たした。

「ああ、いい匂い……」

うっとりと言いながらズンズンと股間を突き上げはじめると、

「この匂いが好きなのね？」

史絵が言い、同じように真菜の口に鼻を潜り込ませて嗅いだ。

「確かに可愛い匂いだわ」

「史絵さんもいい匂い」

藤夫は言い、徐々に突き上げを強めながら、二人に心ゆくまでかぐわしく濃厚な吐息を嗅がせてもらった。

「アア……」

次第に真菜が熱く息を弾ませ、収縮を活発にさせてきた。

やはり史絵のオルガスムスを目の当たりにしたし、三人という非日常の中で、いつになく興奮と快感が高まっているのだろう。

「さあ、もっと気持ち良くなるわよ」

史絵も息を弾ませ、真菜を導くように言った。ふと気づくと、いつしか史絵は自分で割れ目を擦りはじめているではないか。

そんな様子と膣内の摩擦、そして二人分の息の匂いで藤夫は急激に絶頂を迫らせていった。

「また顔中ヌルヌルにして……」

切羽詰まった口調で言うと、二人も彼の顔中にヌラヌラと舌を這わせてくれた。

すると、二人分の唾液と吐息の匂いで、藤夫はたちまち激しく絶頂に達してしまったのだった。

「い、いく、気持ちいい……！」

快感に口走りながら、ありったけの熱いザーメンをドクンドクンと勢いよくほとばしらせると、

「あ、熱いわ、いい気持ち……、アアーッ……！」

奥深い部分に噴出の直撃を受けた途端、スイッチが入ったように真菜が声を上げてガクガクと痙攣した。

どうやら真菜は、膣感覚によるオルガスムスが得られたようだった。

まだまだ完全ではないにしろ、今後ともするごとに快感は大きくなっていくことだろう。

「ああ、気持ちいいのね。私も……、アアッ……！」

続いて史絵も、クリトリスオナニーで絶頂に達したように喘ぎ、ヒクヒクと全身を震わせはじめたのだった。

三人が、ほぼ同時に昇り詰め、藤夫は心ゆくまで快感を味わい、最後の一滴まで出し尽くしていった。

「ああ……」

満足しながら声を洩らし、彼が突き上げを弱めていくと、いつしか真菜は全身の強ばりを解き、グッタリともたれかかっていた。

「ああ、気持ち良かった……」

史絵も息を弾ませて言い、股間から指を離した。

まだ膣内はキュッキュッときつく締まり、そのたびに過敏になった幹が中でヒクヒクと震えた。

そして藤夫は、二人分のかぐわしい吐息を嗅ぎながら、うっとりと快感の余韻に浸り込んでいったのだった……。

4

「じゃ、また手伝いに藤夫さんをお借りしますね。夕方には戻りますので」

翌日の昼過ぎ、恵利子が美雪たちに言って車に藤夫を乗せ、自宅の麻生家へ向けて走り出した。

もちろん藤夫は、恵利子の家に向かいながら、激しい期待に胸と股間を脹らませていた。恵利子も、藤夫を呼ぶからには、何か淫らな思惑があり、きっと家人も留守なのだろう。

今日は皆で昼食を終えたとき、恵利子が顔を見せたのである。

そして片付けに男手が必要ということで、藤夫を呼びにきたのだった。

昨夜は、誰とも何もなかったが、何しろ昼間に3Pという、一生に一度あるかないかという夢のような体験をしたのだから、その余韻に浸りながら藤夫は大人しく眠ることが出来たのである。

もちろん今日も何か良いことがあるかも知れないと、藤夫は念のため昼食のあと歯磨きと股間を洗うことは忘れなかった。

間もなく麻生家に着き、二人で車を降りると恵利子が鍵を開け、藤夫を中に招き入れた。

今日は正月の三日、昨日麻生家に来て泊まっていった親戚たちを駅まで送りがてら麻生家の人たちは皆で買い物や食事でもしてくるようだった。

恵利子が玄関を内側から施錠して二人で上がり込むと、すぐにも彼女は藤夫を寝室へと誘った。

「待ち切れないわ」

恵利子が甘ったるい匂いを漂わせ、目をキラキラさせて言いながら、すぐにも服を脱ぎはじめた。もちろん力仕事など藤夫を誘い出す口実で、彼も安心して手早く全裸になっていった。

たちまち一糸まとわぬ姿になると、恵利子は濃い体臭を揺らめかせながら布団に仰向けになった。

藤夫も全裸になり、まずは彼女の脚に屈み込んで足裏に舌を這わせた。

「あう、そこから？　いいわ、好きにして」

恵利子はビクリと反応して言い、そのまま身を投げ出してくれた。

藤夫は指の股に鼻を押し付け、ムレムレの匂いを貪った。働き者の恵利子の足は、今日も濃厚に蒸れた匂いを沁み付かせている。

彼は嗅いでから爪先にしゃぶり付き、汗と脂にジットリ湿った指の股に舌を割り込ませ、両足とも味と匂いを貪り尽くしていった。

「アア……、いい気持ち……」

恵利子もうっとりと喘ぎながら、若い男の愛撫を受け止めていた。

そして藤夫は恵利子の股を開かせ、ムチムチと張りのある脚の内側を舐め上げていった。

相変わらず脛にはまばらな体毛があって色っぽく、彼は脛にも舌を這わせ、やがて白く量感ある内腿の間に顔を進めた。滑らかな肌に舌を這わせながら股間に顔を迫らせると、匂いを含んだ熱気が顔中を包み込んだ。

指で陰唇を広げて見ると、すでに膣口からは母乳のように白濁した粘液が滲みはじめ、大きめのクリトリスも光沢を放ち、ツンと突き立っていた。

艶めかしい匂いに誘われるように、藤夫は若妻の割れ目にギュッと鼻と口を埋め込んでいった。

濃い茂みに鼻を擦りつけて嗅ぐと、濃厚に蒸れた汗とオシッコの匂いが悩ましく鼻腔を刺激し、胸に沁み込んできた。

舌を挿し入れ、膣口の襞を掻き回してヌメリを味わい、ゆっくり舐め上げていくとコリッとした突起に触れた。

「あう……！」

恵利子が呻き、内腿でムッチリときつく彼の両頬を挟み付けてきた。

藤夫も匂いに噎せ返りながら、チロチロと舌先で弾くようにクリトリスを舐めては新たに溢れてくる大量の愛液をすすった。

味と匂いを堪能すると、さらに彼女の両脚を浮かせ、尻の谷間に迫った。

薄桃色をした、レモンの先のように突き出た色っぽい蕾に鼻を埋め、蒸れた汗の匂いを嗅ぐと、生々しいビネガー臭も混じって鼻腔が刺激された。

藤夫は匂いを貪りながら舌を這わせ、ヌルッと潜り込ませた。

「く……、もっと深く……」

恵利子が息を詰めて言い、モグモグと肛門で舌先をくわえ込んだ。

藤夫は甘苦く滑らかな粘膜を探り、舌を出し入れさせるように蠢かせた。

「こ、これ、そこに入れて……」

と、恵利子が言って枕の下から何か取り出して渡した。

見ると、それはピンク色をした楕円形のローターである。

どうやら恵利子は出産以降あまり夫と夫婦生活がなくなり、こうした器具で自分を慰めていたようだ。

藤夫も興味を覚え、唾液に濡れた肛門にローターをあてがい、指の腹でズブズブと押し込んでいった。

蕾が丸く押し広がってローターを呑み込むと見えなくなり、あとは肛門からコードが伸びているだけとなった。

藤夫がコードに繋がった電池ボックスのスイッチを入れると、中からブーン……と低く、くぐもった振動音が聞こえ、

「アアッ……！」

恵利子がクネクネと腰をよじって喘いだ。

「ね、前に入れて……」

急激に高まった彼女が脚を下ろし、急かすように言うので、藤夫も身を起こして股間を進めた。

幹に指を添え、先端を濡れた割れ目に擦り付け、充分に亀頭にヌメリを与えてから彼はヌルヌルッと一気に膣口に挿入していった。

前回よりも締め付けがきつく感じられるのは、直腸にローターが入っているからなのだろう。

「あう……、いいわ、もっと奥まで……」

恵利子が目を閉じて言い、彼も根元まで押し込み、温もりと感触を味わいながら脚を伸ばして身を重ねていった。間の肉を通し、挿入されたペニスの裏側にもローターの震動が心地よく伝わってきた。

彼は動かなくても、その刺激ですぐにも果てそうになってしまった。

とにかくまだ動かず、藤夫は屈み込んで巨乳に顔を埋め込んでいった。

濃く色づく乳首を含んで舐め回し、強く吸い付くと生ぬるく薄甘い母乳が舌を濡らしてきた。

藤夫は夢中になって吸い付き、うっとりと喉を潤していると、

「もうあまり出ないわ……」

恵利子が言い、自ら膨らみを揉んで分泌を促してくれた。

彼も両の乳首を交互に吸っては母乳を飲み込み、顔中で豊かな膨らみの感触を味わった。

そして腋の下に鼻を埋め、美雪より濃い腋毛に包まれながら、濃厚に甘ったるい汗の匂いでうっとりと胸を満たした。

すると恵利子が下から両手でしがみつき、待ち切れないようにズンズンと股間を突き上げはじめたのだ。

藤夫も彼女の肩に手を回してのしかかり、胸の下で弾む巨乳を味わいながら徐々に腰を突き動かしはじめていった。

「アア……、すごくいい、もっと突いて……！」

恵利子が熱く喘ぎ、このトランジスターグラマーのどこにそんな力があるかと思えるほど、彼を乗せたままブリッジするようにガクガクと腰を跳ね上げた。

そのたびに彼の全身も上下し、抜けないよう必死に動きを合わせた。

膣内がキュッときつく締まるたび、連動するように肛門も締まり、中でブンブンとローターが悲鳴を上げていた。

やはり前後の穴を塞がれ、恵利子は彼の何倍もの快感を味わっているのだろう。

互いに股間をぶつけ合うように激しく動きながら、藤夫は上からピッタリと唇を重ねた。

「ンンッ……！」

恵利子が熱く呻き、ネットリと舌をからめ、チュッと強く吸い付いてきた。

藤夫も、熱い息に鼻腔を湿らせながら美人妻の口の中を舐め回し、生温かな唾液をすすった。

愛液は粗相したように大量に溢れて互いの股間をビショビショにさせ、突き入れるたびクチュクチュと湿った摩擦音が響いた。

藤夫が突くより引く方を意識し、執拗にカリ首で天井を擦ると、

「い、いっちゃう……！」

恵利子が唾液の糸を引いて口を離し、熱く喘ぎながら収縮を強めていった。

彼女の吐き出す息は湿り気があって甘く、それに淡いガーリック臭も混じって悩ましく鼻腔を刺激してきた。

いかにも自然なままの、田舎の美人妻の吐息といった感じで、藤夫はギャップ萌えに高まっていった。

すると、とうとう先に恵利子がガクガクと狂おしい痙攣を開始したのである。

「いく……、アアーッ……！」

口走り、激しく身を反らせながらオルガスムスに達してしまったようだ。

その収縮に巻き込まれると、続いて藤夫も激しく昇り詰めてしまった。

「く……！」

突き上がる絶頂の快感に呻きながら、熱い大量のザーメンをドクンドクンと勢いよく注入すると、

「アア、感じる、もっと……！」

噴出を受けた恵利子が駄目押しの快感に硬直し、藤夫も快感を噛み締めながら、心置きなく最後の一滴まで出し尽くしていったのだった。

なおも律動を続けると、いつしか恵利子は力尽きたようにグッタリと身を投げ出していた。

藤夫も徐々に動きを弱め、まだ息づく膣内でヒクヒクと幹を跳ね上げ、恵利子の濃厚な吐息を嗅ぎながら余韻を味わった。

やがて完全に動きを止めても、まだローターの振動が続き、その刺激がうるさくなってきたので、彼は身を起こしてペニスを引き抜いた。

そしてスイッチを切ると、ようやく恵利子も全身の震えを治めていった。

ティッシュで手早くペニスと割れ目を拭うと、彼はコードを指に巻き付け、ちぎれないよう注意深く引っ張ってローターを取り出した。

見る見る蕾が丸く押し広がり、やがてローターが顔を覗かせて引き出され、ツルッと抜け落ちた。

僅かに開いた肛門は粘膜を覗かせ、やがて徐々にレモンの先の形に戻っていった。

ローターに汚れはないが、一応ティッシュに包んで置くと、ようやくノロノロと恵利子が身を起こしてきたのだった。

5

「ああ、まだ力が入らないわ。体中がガクガクする……」

二人でバスルームに入ると、恵利子が言いながらシャワーの湯を出した。

そして互いの身体を流すうちにも、彼自身はムクムクと回復し、たちまち元の硬さと大きさを取り戻してしまった。

「良かったわ、もう一回できるなら嬉しい。早くお部屋へ戻りましょう」

藤夫の回復を見た恵利子が言ったが、彼はやはりバスルームなので例のものを求めてしまった。

「飲みたい」

「いいわ」

言うと彼女も察して立ち上がり、座っている藤夫の顔に股間を突き出してくれた。

恵利子が、よく見えるようにするためと自らの興奮を高めるためか、両の指でグイッと陰唇を広げてくれた。

もうザーメンは洗い流されているが、膣口からは新たに白っぽい本気汁が溢れはじめていた。やはり前後の穴を塞がれての絶頂でも、まだまだ恵利子の欲求はくすぶっているようだ。

藤夫は腰を抱えて顔を埋め、舐め回してヌメリをすすった。すると、すぐにも柔肉が妖しく蠢き、迫り上がってきたのである。

「あう、出るわ……」

恵利子が短く言うなり、チョロチョロと熱い流れがほとばしり、たちまち勢いを付けて彼の口に注がれてきた。

藤夫は夢中で味わい、匂いに酔いしれながら喉を潤した。

溢れた分が肌を伝い流れ、彼女も遠慮なく勢いよく放尿した。

「アア、変な気持ち……、本家の跡取りになるかも知れない子にオシッコ飲ませるなんて……」

恵利子が喘ぎながら口走った。本当に、真菜の婿養子になる未来を予想しているようだ。

藤夫は淡い味と匂いを貪り、流れもやがて治まった。

残り香の中でポタポタと滴る雫をすすっていると、愛液が混じって淡い酸味のヌメリが感じられた。

「さあ、もういいでしょう」

恵利子が言って股間を引き離し、もう一度互いの全身にシャワーの湯を浴びせた。

身体を拭くと、すぐ部屋の布団に戻り、今度は彼が仰向けに身を投げ出した。

すると恵利子は彼の両脚を浮かせ、尻の谷間を舐めはじめた。彼も両手で谷間を広げると、長い舌がヌルッと潜り込んできた。

「あう……」

藤夫は快感に呻き、キュッと肛門で舌先を締め付けた。恵利子も中で舌を蠢かせ、出し入れさせてから引き抜いた。

「ローター入れてみる？」

「い、いえ、それは勘弁……」

股間から恵利子が訊くと、藤夫は文字通り尻込みして答えた。舌なら良いが、硬いローターを受け入れる気はない。

するると恵利子も無理強いせず、彼の脚を下ろして陰嚢をしゃぶりはじめた。

睾丸を転がし、たまにチュッと吸い付き、袋全体を唾液に濡らしてくれた。

そして前進し、肉棒の裏側を賞味するようにゆっくり舐め上げ、粘液の滲む尿道口をチロチロと舐めてから、スッポリと喉の奥まで深く呑み込んでいった。

「アア……」

藤夫は、温かく濡れた口腔に根元まで含まれて喘いだ。

恵利子は上気した頬をすぼめて吸い付き、熱い吐息を股間に籠もらせながら、口の中ではクチュクチュと執拗に舌をからめてきた。

藤夫は快感を味わい、唾液にまみれた幹をヒクつかせて高まった。

「い、入れたい……」

言うと、待っていたように恵利子もスポンと口を離し、前進して跨がってきた。

先端に割れ目を当て、自ら淫らに指で陰唇を広げて受け入れていった。

腰を沈めると、彼自身はヌルヌルッと心地よい肉襞の摩擦を受けながら、滑らかに根元まで呑み込まれてしまった。

「アア……、いい気持ち……」

恵利子が股間を密着させ、顔を仰け反らせて喘ぎながら、味わうようにキュッキュッと締め付けてきた。

今度は尻のローターもなく、純粋に女上位のセックスを堪能するようだ。

藤夫も膣内で幹を震わせながら、両手を伸ばして恵利子を抱き寄せた。

彼女が身を重ねると、藤夫は潜り込むようにして乳首を含んだが、もう母乳は滲んでこなかった。

「もう最後のようだわ……」

恵利子も言い、自ら乳首を摘んで、ポタポタと数滴垂らしてくれた。

僅かでも甘ったるい匂いを感じ、藤夫はうっとりと酔いしれた。

すると恵利子が上から唇を重ね、ネットリと舌をからめてきたのだ。

藤夫も下からしがみつきながら舌を蠢かせ、滴る唾液で喉を潤し、徐々に股間を突き上げはじめていった。

「アア、すぐいきそうだわ……」

恵利子も腰を動かしながら、口を離して喘いだ。

「ね、顔に強くペッと唾を吐きかけて」

「いいのかしら……」

言うと、恵利子はまた本家の跡継ぎに、という思いが湧いたようだが、興味を覚えたように、すぐ唇に唾液を溜めるなり顔を寄せ、ペッと勢いよく唾液を吐きかけてくれたのだった。

言えば何でも、ためらいなくしてくれるのが恵利子の良いところだった。

「ああ……」

藤夫はかぐわしく濃厚な吐息とともに、生温かな唾液の固まりを鼻筋に受けて喘いだ。それは微かな匂いを放って頬の丸みをトロリと伝わった。

「もっと……」

「アア、いっちゃうわ……」

さらにせがむと、恵利子も続けざまに唾液を吐きかけ、彼の顔中をヌルヌルにまみれさせながら収縮を強めていった。

唾液と吐息の匂いに高まり、なおも彼が勢いよく股間を突き上げると、たちまち恵利子がガクガクと狂おしく全身を痙攣させはじめたのだった。

「い、いく……、すごいわ、アアーッ……！」

声を上げ、激しいオルガスムスの嵐を迎えると、同時に藤夫も激しく絶頂に達していった。

「あう、気持ちいい……！」

藤夫も喘ぎ、快感に包まれながらありったけの熱いザーメンをドクンドクンと勢いよくほとばしらせた。

「アア、もっと……！」

噴出を感じた恵利子が喘ぎ、藤夫も心ゆくまで快感を嚙み締め、最後の一滴まで出し尽くしていった。

すっかり満足しながら突き上げを弱めていくと、いつしか恵利子も全身の力を抜いて腰を止め、グッタリと体重を預けてきていた。

まだ余りのザーメンを吸い取ろうとするかのように膣内の収縮が続き、刺激された幹が中でヒクヒクと過敏に跳ね上がった。

そして藤夫は重みを受け止め、濃厚な吐息を嗅いで胸を満たしながら、うっとりと快感の余韻に浸り込んでいったのだった。

「ああ、気持ち良かったわ……」

やがて呼吸を整えた恵利子が言い、身を起こしながらティッシュを手にした。そして割れ目を拭きながら移動し、彼の股間に顔を迫らせてきたのである。ためらいなく愛液とザーメンにまみれた亀頭にしゃぶり付き、吸い付きながらヌメリを舐め取るように舌をからめてきた。

「く……、も、もういいです……」

藤夫は腰をよじりながら呻いた。もう過敏な状態は脱していたが、また回復してしまいそうである。

「そうね、私も充分だし、三回もしたら今夜の誰かのためにする分がなくなってしまうわね」

恵利子は、彼の夜のことまで何もかも承知しているように気遣ってくれ、再び添い寝し腕枕してくれた。

「少し休んだら送ってあげるわ」

彼女は言い、藤夫も巨乳と温もりに包まれながら目を閉じた。すると、心地よさの中で睡りに落ちてしまったのだ。

「そろそろ起きた方がいいわね」

揺り起こされ、彼はすっきりと目覚めた。

「僕は、どれぐらい眠っていたのかな……」

「十五分ぐらいだわ。さあ、もう一度シャワーを」

恵利子に言われ、二人で身を起こしてバスルームに移動した。

そしてシャワーを浴びて身体を拭き、身繕いをすると、また恵利子は車で彼を早乙女家の屋敷まで送ってくれたのだった。

第六章　美女たちの甘美な檻(おり)

1

「明日の朝、私は東京へ帰るわね」

夜、藤夫の部屋に忍んで来た美雪が囁いた。

すでに二人とも全裸になり、布団に添い寝していた。

あれから夕方、恵利子の車で送ってもらった藤夫は、皆と一緒に夕食と風呂を済ませ、各自それぞれの部屋に戻って休むところだった。

もちろん藤夫は夜になってから、誰かが部屋に来てくれるだろうと期待していたので、最年長の超美熟女である美雪が来てくれたことに舞い上がり、期待に激しく勃起していた。

　ほんの僅かな仮眠でも取ったので、恵利子に二回射精した疲れは全くなく、むしろ相手が代われればいくらでも出来そうだった。

　まして美雪は明朝帰ってしまうと言うので、この古民家で過ごせる最後の快楽の晩であった。

　こちらで三が日を過ごしたし、やはり都内で改築中の自社を、そう長く放っておくわけにもいかないのだろう。

「そうですか、分かりました」

「真菜も一緒に乗せていくわ。新学期の準備もあるだろうし」

　美雪が言う。

　確かに、真菜は正社員ではないし、冬休み中にも色々予定があるだろうから仕方がない。

　まだ美女たちが残っているのだ。それに深い仲になったのだから、やがて東京に戻ってからも真菜とはいつでも出来ることだろう。

　藤夫は激しく欲情し、美雪の腕をくぐると甘えるように腕枕してもらい、甘ったるい匂いに包まれた。どうやら藤夫の性癖のためか、昭和の体験合宿に拘（こだわ）っているのか美雪だけはまだ入浴前である。

しかし、美雪は優しく胸に抱いてくれながらも、まだ話を続けていた。

「真菜のこと好き？　結婚してもいいと思ってる？」

唐突に、美雪が聞いてきたのである。

そんな先のことを、と思ったがもう真菜も十九になったし、美雪自身が十九歳で真菜を産んでいるのだ。婿養子を迎えるのが若年齢なのも、早乙女家の伝統なのかも知れない。

「も、もちろん真菜さんのことは大好きですけど、彼女の方が僕なんかを選ぶかどうか、まだ分かりませんが……」

「大丈夫。もう真菜はあなたに夢中だわ。じゃ来春に真菜が短大を出たら、正式に婿養子になってほしいので、その間にご両親を説得して」

「え、ええ、僕の方には全く問題はないと思いますので」

「そう、ただ」

美雪が言いかけ、チロリと唇を舐めてから続けた。

「藤夫さんは歴代の婿養子のイメージにピッタリだけど、他の男たちと唯一違うのは性欲が強いことだわ」

美雪が言う。

してみると、他の婿養子たちは淡泊なのだろう。確かに、見た目が大人しく従順そうなら、中身も大抵そんなものに違いない。ただ藤夫の性欲と性癖は、他の男たちからは異質のようだった。

「もし真菜に飽きたら、私や香織その他に手を出してもいいから、とにかく仲良くやってくれればいいわ」

美雪が、何とも嬉しいことを言ってきた。

知っている範囲の女性たちが相手なら、浮気が公認なのである。

要するに、離婚だけは許されないということなのだ。

まあ、それらは全て先のことであり、美雪の知らない女性だろうと、上手くすれば誰とでも浮気ぐらい可能だろう。

それに真菜も、史絵との3Pをしたぐらいだから、同性への嫉妬心などはあまり抱かないのかも知れない。

「分かりました」

藤夫は、話を終えるように彼女の胸で答えた。

考えることは山ほどあるのだが、何もかも先々のことなのだから、今は早く快楽を得て高まりを鎮めたかった。

すると、美雪も話を打ち切ったように仰向けになり、受け身体勢で熟れ肌を投げ出してきた。

藤夫はチュッと乳首に吸い付いて舌を這わせ、顔中でボリューム満点の巨乳に埋め込んでいった。谷間と腋の下からは、生ぬるく甘ったるい匂いが漂い、彼は興奮を高めながら乳首を愛撫した。

「ああ。いい気持ち……」

美雪も熱く喘ぎ、話を終えてほっとしたように力を抜いていた。

彼は左右の乳首を含んで舐め回し、腋の下にも鼻を埋め込み、生ぬるく湿った和毛に籠もる濃厚に甘ったるい匂いに噎せ返った。

うっとりと胸を満たしてから白く滑らかな熟れ肌を舐め降り、豊満な腰から脚を舌でたどっていった。

スベスベの脚を舐め、足裏にも舌を這わせ、指の間に鼻を押し付けて嗅ぐと、やはりムレムレの匂いが濃厚に鼻腔を刺激してきた。

充分に嗅いでから爪先にしゃぶり付き、順々に指の股に舌を割り込ませて味わうと汗と脂の湿り気が感じられた。

藤夫は両足とも、味と匂いを貪り尽くした。

そして美雪を大股開きにさせて脚の内側を舐め上げ、ムッチリと量感ある内腿をたどって股間に迫っていった。

黒々と艶のある茂みに鼻を埋め込み、擦り付けて隅々に籠もる熱気を嗅ぐと、蒸れた汗とオシッコの匂いが悩ましく鼻腔を掻き回した。

舌を挿し入れると、かつて真菜が産まれてきた膣口の襞はネットリと熱い愛液に潤い、藤夫はクチュクチュと淡い酸味のヌメリを掻き回してから、クリトリスまで舐め上げていった。

「アア……、いいわ……」

美雪が顔を仰け反らせて喘ぎ、内腿で彼の顔を挟み付けてきた。

藤夫も執拗にクリトリスを舐めては、泉のように溢れてくる愛液をすすった。

さらに両脚を浮かせて白く豊満な尻に迫り、谷間に鼻を埋めて顔中を弾力ある双丘に密着させた。

可憐なピンクの蕾に籠もる蒸れた匂いを嗅ぎ、秘めやかなビネガー臭も味わってから舌を這わせた。息づく襞を濡らし、ヌルッと潜り込ませて滑らかな粘膜を探ると、

「あう……」

美雪が呻き、モグモグと肛門で舌先を締め付けてきた。

そして舌を出し入れさせるように動かしていると、

「いいわ、今度は私が……」

美雪が言って身を起こしてきたので、藤夫も入れ替わりに仰向けになった。

股間に移動した美雪は、たった今、自分がされたように彼の両足を浮かせて尻の谷間を舐めてくれた。そしてヌルッと潜り込むと、

「く……、気持ちいい……」

藤夫は妖しい快感に呻き、肛門で美熟女の舌先を締め付けた。

美雪も中で舌を蠢かせてから脚を下ろし、股間に熱い息を籠もらせながら陰嚢をしゃぶり、二つの睾丸を舌で転がしてくれた。

屹立した幹が上下に震えると、美雪も前進して裏筋を舐め上げ、粘液の滲む尿道口をチロチロと念入りに舐め回した。

そのままスッポリと喉の奥まで呑み込み、幹を締め付けて吸い、口の中ではクチュクチュと舌をからめてくれた。

「アア……」

藤夫は喘ぎ、ズンズンと股間を突き上げると、美雪も顔を上下させ、濡れた口でスポスポと強烈な摩擦を繰り返してくれた。

「い、いきそう……」

急激に絶頂を迫らせた藤夫が口走ると、すぐにも美雪はスポンと口を離し、前進して彼の股間に跨がってきた。

先端に膣口をあてがうと、息を詰めてゆっくり腰を沈み込ませ、たちまち彼自身はヌルヌルッと滑らかに根元まで呑み込まれていった。

「アアッ……、いいわ……！」

ピッタリと股間を密着させて座り込んだ美雪が喘ぎ、すぐにも身を重ねてきた。

藤夫も肉襞の摩擦と締め付けに高まりながら、下から両手でしがみつき、膝を立てて豊満な尻を支えた。

美雪が上からピッタリと唇を重ねてきたので、藤夫も息で鼻腔を湿らせながら、舌をからめて生温かな唾液をすすった。

「ンン……」

美雪は熱く鼻を鳴らしては滑らかにチロチロと舌を蠢かせ、ことさら多めにトロトロと唾液を注いでくれた。藤夫はうっとりと喉を潤して酔いしれながら、ズンズンと股間を突き上げはじめると、

「アア……、いい気持ちよ、もっと強く……」

美雪が口を離して喘ぎ、合わせて腰を遣いはじめた。

今日も美雪の口からは熱く湿り気のある、白粉臭の刺激を含んだ息が吐き出され、藤夫は鼻を押し付けて胸いっぱいに嗅いだ。

かぐわしい吐息の匂いと締め付けで、たちまち彼は絶頂に達してしまった。

「い、いく……！」

快感に口走りながらありったけの熱いザーメンをドクンドクンと勢いよく放つと、

「か、感じるわ……、アアーッ……！」

噴出を受けるとスイッチが入ったように美雪が喘ぎ、ガクガクと狂おしいオルガスムスの痙攣を開始したのだった……。

2

（え……？）

ふと、気配を感じた藤夫は目を覚ました。

もう窓から見える空が白んでいるので、明け方だろう。彼はいっぺんに目が覚め、昨夜の疲れも残っていなかった。

昨夜は美雪と濃厚なセックスをし、一緒に風呂場で身体を流すと、彼女も今朝の出立があるから二回戦はせず、そのまま別れたのである。

と、そろそろと襖が開いて、パジャマ姿の真菜が入って来たではないか。

やはり、今日は美雪と一緒に東京へ帰るので、もう一回だけ、この古民家で藤夫としたかったのだろう。

「真菜ちゃん……」

「起こしちゃってごめんね」

「いいよ、来て。あ、その前に全部脱いじゃおうね」

彼は言い、自分も身を起こすと手早くTシャツとトランクスを脱ぎ去り、全裸になってから再び仰向けになった。

すると真菜も手早くパジャマと下着を脱ぎ去り、一糸まとわぬ姿で迫ってきた。

「ここに座って」

藤夫が仰向けのまま自分の下腹を指して言うと、真菜も寝起きで朦朧としているように、すぐ従い、跨がって座り込んでくれた。

「足を伸ばして僕の顔に乗せて」

言いながら彼は立てた膝に真菜を寄りかからせ、両足首を摑んで顔に引き寄せた。

「あん……」

真菜がか細く喘ぎ、バランスを取ろうと腰をくねらせるたび、濡れはじめた割れ目が彼の下腹に心地よく密着した。

美少女の両足の裏を顔に乗せると、全体重が彼に預けられ、何やら人間椅子になった気分だ。

完全に藤夫の上に乗り、真菜は済まなそうに身悶えていた。

彼は足裏を舐め、縮こまった指の間に鼻を押し付けて蒸れた匂いを嗅ぎ、爪先にしゃぶり付いて指の股に舌を割り込ませていった。

つい何時間か前には、真菜の母親の足指も味わったことを思い出した。

「あう……」

真菜が呻き、くすぐったそうに身じろぐたび、密着した割れ目の潤いが増してくる様子が伝わってきた。

やがて両足とも味と匂いを貪ると、

「じゃ、前に来て顔にしゃがんで」

言いながら両手を引っ張ると、真菜も両足を彼の顔の左右に置いて腰を浮かせ、やがて顔に跨がってきた。

しゃがみ込むとＭ字になった脚がムッチリと張り詰め、ぷっくりと丸みを帯びた割れ目が鼻先に迫ってきた。

若草の丘に鼻を埋めて嗅ぐと、美少女の一晩中の蒸れた匂いが鼻腔を湿らせ、汗とオシッコの成分が胸に沁み込んできた。

「オシッコ出る？」

「ここへ来るときトイレに寄っちゃったから、あまり出ないかも……」

真下から訊くと、真菜が声を潜めて答えた。

「いいよ、少しならかえってこぼさずに済むので、出して」

言うと真菜も息を詰め、懸命に尿意を高めた。

その間も、藤夫は恥毛に籠もる匂いを貪り、舌を這わせて濡れはじめた割れ目を味わった。

「あう、出ちゃう……」

真菜が、刺激されると同意に声を洩らし、チョロッと熱い流れをほとばしらせてきた。彼は口に受け、寝起きのためやや濃い味と匂いを感じながら夢中で喉に流し込んでいった。

それでも、やはり溜まっていなかったようで、あまり出ずに流れが治まった。

量が少ないのでこぼすこともなく、全て飲み干せたことに満足しながら、藤夫は残り香の中で余りの雫をすすり、すっかり快感を覚えた膣口を探り、クリトリスまで舐め上げていった。

「アアッ……！」

真菜が喘ぎ、思わずキュッと彼の顔に座り込みながら、ヌラヌラと新たな蜜を漏らしてきた。

藤夫はヌメリをすすり、味と匂いを貪ってから美少女の尻の真下に潜り込んだ。

彼は顔中に水蜜桃のような双丘を受け止め、可憐な薄桃色の蕾に鼻を埋めて嗅いだが、昨夜入浴し、今もトイレでは小用だけだったようで、残念ながら生々しい匂いは籠もっていなかった。

それでも舌を這わせ、ヌルッと潜り込ませると、微かに甘苦い粘膜の味覚が感じられた。

「く……」

真菜が呻き、キュッときつく肛門で舌先を締め付けてきた。

舌を蠢かせると、割れ目から溢れる蜜が糸を引いて彼の鼻に垂れてきた。

それを舐め取り、再び小粒のクリトリスに吸い付いていくと、

「アア……、もうダメ……」

すっかり高まったように言い、真菜は自分から股間を引き離してしまった。

彼が仰向けのままでいると、真菜が股間に腹這いになってきたので両脚を浮かせると、厭わずチロチロと肛門を舐めてくれた。

熱い鼻息で陰嚢がくすぐられながら、同じようにヌルッと潜り込むと、

「あう、気持ちいい……」

藤夫は快感に呻き、モグモグと美少女の舌を肛門で味わった。

彼が脚を下ろすと、中で舌を蠢かせていた真菜も肛門から離れ、陰嚢にしゃぶり付いた。

舌で睾丸を転がし、袋全体が温かな唾液にまみれると、真菜は自分から前進して肉棒の裏側を舐め上げてきた。

滑らかな舌が先端まで来ると、真菜は粘液の滲んだ尿道口を舌で探った
昨夜、ここを同じように母親が賞味したのを知っているのか、それとも知らないのだろうか。

藤夫は禁断の思いに高まり、幹をヒクつかせた。

真菜も張り詰めた亀頭をしゃぶり、そのまま喉の奥まで呑み込んでいった。

熱い鼻息が恥毛をそよがせ、口の中ではクチュクチュと舌がからみついてきた。

「ああ、気持ちいいよ、すごく……」

ズンズンと股間を突き上げて言うと、真菜もスポスポと摩擦してくれた。

やがて藤夫は、朝立ちの勢いもあり、急激に絶頂を迫らせてきた。

「いいよ、跨いで入れて」

言うと真菜も、チュパッと口を離して身を起こし、前進して跨がってきた。

唾液に濡れた先端に割れ目を当てがい、息を詰めてゆっくり腰を沈み込ませてくると、張り詰めた亀頭が潜り込み、あとはヌルヌルッと滑らかに根元まで嵌(は)まり込んでいった。

「アアッ……！」

真菜が顔を仰け反らせて喘ぎ、藤夫も締め付けと温もりに包まれながら、両手を伸ばして彼女を抱き寄せ、膝を立てて尻を支えた。

完全に真菜が身体を重ねてくると、藤夫はまだ動かず、潜り込んで左右の乳首を舐め回し、腋の下にも鼻を埋めて甘ったるい汗の匂いを貪った。

そして下から唇を重ね、グミ感覚の弾力を味わいながら舌を潜り込ませていった。

「ンン……」

真菜も熱く呻き、息で彼の鼻腔を湿らせながら、チロチロと滑らかに舌をからめてくれた。彼がズンズンと股間を突き上げはじめると、

「アア……！」

真菜が口を離して喘ぎ、収縮と潤いを活発にさせてきた。

彼女も腰を動かすと、たちまち二人のリズムが一致し、クチュクチュと湿った摩擦音が聞こえてきた。

「ああ、いい気持ち……、やっぱり三人より、二人きりがいいわ……」

真菜が喘ぎながら言う。

確かに史絵も含めた3Pも良かったが、やはりあれはスポーツじみて、淫靡さというなら二人きりの密室に限ると藤夫も思った。

喘ぐ真菜の口に鼻を押し付けて熱い息を嗅ぐと、やはり寝起きですっかり濃厚になった口臭が甘酸っぱく鼻腔を刺激してきた。

「ああ、濃くていい匂い……」

藤夫は夢中になって悩ましい匂いで鼻腔を満たし、突き上げを強めながら激しく昇り詰めてしまった。

「いく……！」

絶頂の快感に貫かれながら呻き、熱い大量のザーメンをドクンドクンと勢いよくほとばしらせると、

「い、いい……、アアーッ……！」

真菜も声を上ずらせ、ガクガクと全身を狂おしく痙攣させてオルガスムスに達したようだった。この分なら真菜も、今後はいつしても大きな膣感覚の快感が得られることだろう。

藤夫は心置きなく最後の一滴まで出し尽くし、ようやく満足しながら突き上げを弱めていった。すると真菜もいつしかグッタリと力を抜き、彼にもたれかかっていた。

まだ息づく膣内で彼自身がヒクヒクと過敏に跳ね上がり、藤夫は美少女の甘酸っぱい吐息を嗅ぎながら、うっとりと余韻を嚙み締めたのだった……。

3

「では、東京に戻るわね。もし改築が早めに済むようなら連絡するので、そうしたら合宿を切り上げて帰ってきて」

朝食を済ませると美雪が皆に言い、真菜も車に乗り込んだ。

今日の空はどんよりと雲が垂れ込めて寒く、雨ではなく雪でも降ってきそうな感じである。

それでも美雪たちが、東京へ戻る分には天候の心配もなさそうだった。

やがて車がスタートすると、香織と史絵、藤夫の三人は手を振って見送った。

「とうとう三人になっちゃったわね」

中に戻ると、香織が言った。

もう洗い物も終えているし、洗濯も昨日済ませていた。

「とうとう雪が降ってきたわ。寒いと思ったら」

やがて窓の外を見ていた香織が言った。

「まあ、降るのはここらの山だけだろうから、姉たちが車で東京へ帰るのは問題ないみたいね」

「石油ストーブの節約のために、三人一部屋で過ごしませんか」

すると史絵が提案し、香織もすぐに頷いた。

そして暖房の効率を良くするため、食事は掘り炬燵のある茶の間で、レポートなどもその部屋で皆でして、寝室も香織の使っている部屋に三人で寝ることが決まってしまった。

やがて三人は昼まで掘り炬燵で、それぞれレポートをまとめて過ごし、休憩してパスタの昼食を済ませた。

藤夫は、定期的に風呂場に薪をくべ、常に浴槽の湯を温かく保ち、合間に歯磨きと股間を洗ったりしていた。

窓から見ると、雪の降りは徐々に激しくなり、庭も木立も、遠くの山々も白く染まりはじめている。それは水墨画のように美しく、藤夫は山中での雪を見るのは初めてだった。

今夜一晩降るのでは朝はもっと積もり、いよいよ身動き出来なくなるだろう。

恵利子が車で行き来するにも難儀するだろうが、当分は食材も豊富にある。

そして昼過ぎ、レポートが一段落すると、藤夫はそろそろ股間がムズムズしてきてしまった。

明け方は真菜と済ませてから、もう一眠りしたので心身は元気いっぱいである。

見ると、史絵も今日の分は終えたように、メガネを外してティッシュでレンズを拭いてから再びかけた。

「いいわよ。二人でお部屋へ行っても。私は夕方まで仕事を進めるから」

香織が言ってくれた。

香織は、やがて社屋の改築が済めば心機一転、美雪が社長になって、自分も重役に納まるのだから、することが多いのだろう。

そして香織は、まだまだ結婚の意思などはないようだった。

「でも……」

「構わないわ」

史絵がためらいがちに言うと、香織が答えた。

一人の方が集中できるかも知れないと、藤夫が促すように腰を上げると、史絵も一緒に立って茶の間を出た。

廊下は冷え込んでいるので、二人は小走りに香織が使っていた部屋に入った。

そこは八畳間でほのかに香織の匂いが籠もり、すでに三人分の布団が運ばれ、石油ストーブが点いて温かかった。

ただでさえ静かな山間の古民家だったが、今は雪のためか鳥の声なども聞こえず、さらに静まりかえっていた。

「三人でするより、二人きりの方がドキドキするわね」

史絵が、真菜と似たようなことを言った。もちろん快楽を分かち合うこと以外、他にすることはないと分かっているようだ。

香織も茶の間で仕事しながら、二人がここではじめることを承知しているだろう。

藤夫も激しく股間を突っ張らせ、すぐにもジャージを脱ぎはじめると、史絵もそれに倣った。

たちまち全裸になると、室内に籠もる香織の匂いに、史絵の体臭が混じって感じられる気がした。

史絵は相変わらず、全裸にメガネだけかけて布団に仰向けになった。

藤夫は、昨夜美雪にしたように、真っ先に史絵の足裏に舌を這わせ、指の間に鼻を押し付けて蒸れた匂いを貪った。

爪先にしゃぶり付き、汗と脂に湿った指の股に舌を割り込ませると、

「アアッ……」

史絵がすぐにも熱く喘ぎはじめたが、やや声を抑えているようだ。

仕事中の香織を気遣っているのだろうが、互いの部屋が遠いので、大きな声を出してもまず聞こえないだろう。

藤夫は両足ともしゃぶり、この文化系メガネ美女の足指に沁み付いた味と匂いを貪り尽くしてしまった。そして股を開かせ、脚の内側を舐め上げてムッチリした内腿に軽く歯を立てて弾力を味わった。

「あう、もっと強く噛んでもいいわ……」

たちまち淫らな快楽のスイッチが入ったように史絵が呻き、クネクネと悶えはじめた。彼も白い肌を舌と歯で刺激しながら、両の内腿を味わい、熱気と湿り気の籠もる股間に迫った。

すでに史絵の割れ目は期待と興奮に、ヌラヌラと大量の愛液に潤っていた。

先に藤夫は彼女の両脚を浮かせ、尻の谷間に鼻を埋め込んでいった。

可憐な薄桃色の蕾には、蒸れた汗と、秘めやかで生々しい匂いが籠もり、悩ましく鼻腔が刺激された。

彼は美女の恥ずかしい匂いを嗅いでから舌を這わせ、蕾の襞を濡らし、ヌルッと潜り込ませて滑らかな粘膜を探った。

「く……！」

史絵が呻き、浮かせた足を震わせながらキュッと肛門で舌を締め付けてきた。

藤夫も出し入れさせるように舌を蠢かせてから脚を下ろし、すっかり濡れている割れ目に顔を埋め込んでいった。

柔らかな茂みに鼻を擦りつけ、蒸れた汗とオシッコの匂いで胸を満たし、舌を挿し入れて膣口の襞をクチュクチュと探った。

東京へ戻ったら、女性の股間の前も後ろも、シャワー付きトイレのため無臭に近くなってしまい、ひどく物足りない思いをするだろうなと思った。

それほど藤夫は、ここでの昭和生活が身に沁み付いてしまっていた。

そして充分に匂いを嗅いでからクリトリスに舌を這わせると、

「わ、私にも……」

史絵が言って、彼の下半身を引き寄せる仕草をした。

藤夫も彼女の割れ目に鼻と口を埋め込みながら、下半身を史絵の顔の方へと移動させていった。

すると史絵も彼の腰を抱き寄せ、張り詰めた亀頭にしゃぶり付いてきたのである。

互いの内腿を枕にした、シックスナインの体勢だ。

チロチロとクリトリスを舐め回して吸い付くと、

「ンンッ……！」

感じた史絵が熱く呻き、反射的にチュッと強く亀頭に吸い付いてきた。

彼女の鼻息が陰嚢をくすぐり、互いに最も感じる部分を舐め合っているのだから、次第に二人の息が弾んで股間に熱く籠もった。史絵はスポスポと濡れた口で摩擦し、彼もクリトリスを舐めては溢れる愛液をすすった。

「アア、ダメ、集中できないわ……」

史絵が言って身を起こし、藤夫も移動して仰向けになった。

すると、あらためて史絵が彼の開いた股間に腹這い、脚を浮かせて尻の谷間を舐めてくれたのだ。

どうやら、何もかも舐めるというのがここでの決まり事になったかのようである。

藤夫も、受け身になる方が心地よく、やがてヌルッと史絵の舌が潜り込むと、

「あう……」

彼は快感に呻き、キュッと肛門で美女の舌先を締め付けた。

史絵も中で舌を蠢かせてから、彼の脚を下ろして陰嚢にしゃぶり付き、念入りに睾丸を転がしてから前進してきた。

肉棒の裏側を舐め上げ、あらためて深々とペニスを含んで吸い付き、舌をからめて賞味しはじめた。

スッポリと呑み込んで吸い付き、舌をからめながら熱い鼻息で恥毛をくすぐった。

長い黒髪がサラリと股間を覆い、下腹や内腿を撫でる髪の感触も心地よかった。

「い、いきそう、入れたい……」

すっかり高まった藤夫が言うと、史絵もスポンと口を離して身を起こした。

そのまま前進して彼の股間に跨がり、位置を定めてゆっくり腰を沈め、ヌルヌルッと滑らかに彼自身を膣口に受け入れていった。

「アアッ……！」

史絵が顔を仰け反らせて喘ぎ、ピッタリ密着させた股間をグリグリと擦り付けてきた。藤夫も温もりと感触を味わいながら、彼女が身を重ねると膝を立てて尻を支えた。

じっとしていても、ペニスを味わうような膣内の収縮に彼は高まった。

潜り込むようにして左右の乳首を味わい、腋の下にも鼻を埋め込み、濃厚に甘ったるい汗の匂いに噎せ返った。

すると史絵が先に腰を動かしながら、上からピッタリと唇を重ねてきた。

藤夫もチロチロと舌をからめ、注がれてくる生温かな唾液でうっとりと喉を潤しながらズンズンと股間を突き上げた。

「ああ、いい気持ち……！」

史絵が口を離して熱く喘いだ。

湿り気ある吐息は花粉の甘さに、昼食のパスタの名残にほのかなガーリック臭も混じって悩ましく鼻腔が掻き回された。

「い、いきそう……」

「私もよ。いって……」

藤夫が絶頂を迫らせて口走ると、史絵も切羽詰まった口調で答え、収縮と潤いを活発にさせていった。

彼は史絵の喘ぐ口に鼻を潜り込ませ、濃厚な吐息を胸いっぱいに嗅ぎながら突き上げを強め、たちまち昇り詰めてしまった。

「い、いく、気持ちいい……！」

快感に口走りながら、熱いザーメンをドクンドクンと噴出させると、

「い、いいわ……、アアーッ……！」

史絵も声を上げ、ガクガクと狂おしい痙攣を開始してオルガスムスに達した。

締め付けの中で彼は心ゆくまで快感を嚙み締め、最後の一滴まで出し尽くすと、満足しながら突き上げを弱めていった。

「ああ……」

史絵も声を洩らし、力尽きたようにグッタリともたれかかってきた。

まだ息づく膣内でヒクヒクと幹が過敏に跳ね上がり、藤夫は重みと温もりを受け止め、史絵のかぐわしい吐息を嗅ぎながら余韻を味わったのだった……。

4

「積もってるわね。じゃ、そろそろ寝室に行きましょうか」

香織が外を覗いて言った。

あり合わせのもので夕食を済ませ、藤夫も洗い物を終えたところである。

美雪からも、真菜と共に無事に東京に戻ったというメールがあった。

午後、藤夫は史絵とセックスしてから風呂場で身体を流したが、史絵はそのまま仮眠を取っていたのだ。

さすがに夕食の仕度には起き出してきて、香織も仕事を一段落させてすっきりした顔つきをしていた。

やがて三人は、掘り炬燵とテレビや灯りを消し、香織の部屋へと移動した。

香織も史絵も、藤夫の願いでまだ今日の入浴はしていない。

しかし史絵は、今日は疲れていたようで、また隅の布団で先に眠ってしまったのである。

「いいわ、そっとしておいて、二人で静かにしましょう」

香織が囁き、少し3Pを期待していた藤夫も頷いた。

何しろ今日はすでに史絵を味わっているのだから、そうそう贅沢は言えない。

藤夫が全裸になると、三日後に三十六歳となる、昭和最後の女である香織も一糸まとわぬ姿になり、一日分の甘ったるい匂いを揺らめかせた。

二人は、史絵とは反対側の隅の布団に横たわった。

「どうしてほしい？」

香織が、目をキラキラさせて囁いてきた。夜のため、昼間は一所懸命に仕事していたのだろう。

枕元にメガネを置いた史絵は、狸寝（たぬき）入りでなく、本当に規則正しく心地よさそうな寝息を立てていた。

「顔に跨がって。その前に足を舐めたい」

言うと、香織もすぐに身を起こし、彼の顔の横にスックと立ってくれた。

水泳選手だった香織は、他の女性たちの中では最も逞しく、プロポーションも整っていた。

それを真下から見上げるのは、実に壮観である。何といっても藤夫にとって香織は最初の女性だから、何やらこの合宿も、香織に始まり香織に終わる感じがしていた。

香織は壁に手をついて身体を支え、片方の足を浮かせてそっと彼の顔に足裏を押し当ててきた。

藤夫は足裏の感触を味わいながら舌を這わせ、太く逞しい足指の間に鼻を割り込ませ、汗と脂にジットリ湿って蒸れた匂いを貪った。

充分に鼻腔を満たしてから爪先にしゃぶり付き、全ての指の股に舌を割り込ませて味わうと、

「アア、いい気持ち……」

香織が、さっきの史絵のように喘ぎ声を抑え気味にして声を洩らした。

足を交代してもらい、藤夫はそちらの新鮮な味と匂いも貪り尽くして口を離すと、香織が自分から跨がってきた。

和式トイレスタイルでしゃがみ込むと、香織のスラリとした長い脚がM字になり、脹ら脛と内腿がムッチリと張り詰め、割れ目が鼻先に迫った。

割れ目からはみ出した陰唇が僅かに開き、ヌラヌラとした大量の愛液が溢れ、今にもトロリと滴りそうになっていた。

藤夫は腰を抱き寄せ、茂みに鼻を埋め込んで嗅いだ。濃厚に甘ったるい汗の匂いに、蒸れた残尿臭の刺激が混じって、生ぬるく鼻腔を満たしてきた。

彼はうっとりと嗅ぎながら舌を挿し入れ、淡い酸味のヌメリを掻き回した。

膣口の襞を探り、ツンと突き立ったクリトリスまで舐め上げていくと、

「アアッ……、いい気持ち……」

香織が喘ぎ、しゃがみ込んでいられないように両膝を突くと、彼の顔にグリグリと割れ目を擦り付けてきた。

藤夫は顔中をヌルヌルにされながら匂いに酔いしれ、執拗にクリトリスを舐め、チュッと吸い付いては新たに垂れてくる愛液をすすった。

そして味と匂いを堪能すると、香織の尻の真下に潜り込み、顔中に弾力ある双丘を受け止めながら蕾に鼻を埋めて嗅いだ。

すると、蒸れた汗の匂いに混じり、微かに生々しいビネガー臭が感じられたのだ。

「わあ、匂う……」

「そう、濡れナプキンで処理しなかったから。みんなもそうだろうし」

真下から言うと、香織が声を震わせて答え、いつになく羞恥と興奮が高まっているようだ。

藤夫は嬉々として、昭和最後の美女の恥ずかしい匂いを貪り、舌を這わせてヌルッと潜り込ませて滑らかな粘膜を探った。

「あう、恥ずかしい……」

香織が呻き、モグモグと肛門で彼の舌先を締め付けてきた。

舌を出し入れさせながら、甘苦い粘膜を味わうと、割れ目から垂れてきた愛液が彼の鼻筋を生ぬるく濡らした。

藤夫が舌を引き離し、大量のヌメリをすすって再びクリトリスを舐めると、

「も、もういいわ……」

香織が言って腰を浮かせ、彼の股間に移動してきた。

「ここ舐めて」

仰向けの藤夫は言いながら、両脚を浮かせて抱え、彼女の鼻先に尻を突き出した。

香織もすぐにチロチロと肛門を舐め回してくれたが、

「自分だけ、いつもこっそり洗ってるのね」

香織は言い、ヌルッと舌を潜り込ませてきた。

「く……、気持ちいい……」

藤夫は妖しい快感に呻き、キュッキュッと味わうように肛門で美女の舌先を締め付けた。香織も熱い鼻息で心地よく陰嚢をくすぐりながら舌を蠢かせ、やがて彼が脚を下ろすと、チュッと陰嚢に吸い付いてきた。

二つの睾丸を転がし、袋全体を生温かな唾液にまみれさせると、前進してペニスの裏側をゆっくり舐め上げていった。

粘液の滲む尿道口を舐め回し、丸く開いた口でスッポリと喉の奥まで呑み込むと、幹を締め付けて吸い、クチュクチュ舌をからめてきた。

「ああ……」

藤夫は喘ぎ、香織は充分に唾液で濡らすと、待ち切れないようにスポンと口を離して身を起こした。前進して跨がり、先端に割れ目を押し当てると、息を詰めてゆっくり座り込んできた。

たちまち彼自身は、ヌルヌルッと心地よい肉襞の摩擦と温もりに包まれて深々と呑み込まれ、香織の股間がピッタリと密着してきた。

「アアッ……、いい気持ち……」

香織がキュッと締め上げながら喘ぎ、身を重ねてきた。

藤夫も下から両手でしがみつき、膝を立てて尻を支えながら、潜り込んで乳首に吸い付いていった。

左右の乳首を含んで舐め回し、腋の下にも鼻を埋め込み、濃厚に甘ったるい汗の匂いに噎せ返った。

するとそのとき目を覚ました史絵もメガネをかけてこちらに這ってきて、繋がっている二人に添い寝してきたのである。

「ああ、来たのね。一緒に気持ち良くなりましょう」

香織は拒まず、むしろ興奮を高めて歓迎した。

藤夫も興奮にペニスをヒクつかせ、香織の膣内の温もりと感触を味わいながら、史絵には顔を跨がせたのだった。

5

「アアッ……、いい気持ちだわ……」

まだ寝ぼけた感じだった史絵が、真下から割れ目を舐められると、いっぺんに目を覚ましたように熱く喘いだ。

昼間のセックスのあとは拭いただけで入浴していないから、まだ中にザーメンが残っているかも知れないが、藤夫は構わず史絵の割れ目を舐め、むしろさっきのままの体臭に興奮が高まった。

「ああ……」

クリトリスを舐めると史絵が喘ぎ、さらに藤夫は彼女の尻の谷間にも鼻と口を埋め込み、ヌルッと舌を潜り込ませた。

すると香織が、前にいる史絵の背にもたれかかりながら、徐々に腰を動かしはじめたのである。

仰向けの藤夫の顔と股間に美女たちが座っているのも、実に奇妙な構図だった。

やがて藤夫が史絵の前も後ろも存分に舐め回すと、やがて顔の上から離れて添い寝してきた。

前が空いたので香織が身を重ね、藤夫は覆いかぶさる香織と、横から密着する二人を抱き寄せ、潜り込んで二人の乳首を順々に味わった。

真菜との3Pと違い、二人とも成人女性なので、混じり合った大人の体臭が濃厚に甘ったるく彼の鼻腔を刺激してきた。

藤夫はそれぞれの腋の下にも鼻を埋め込み、濃い汗の匂いに噎せ返った。

その刺激が膣内にあるペニスに伝わって震えると、

「アア……」

感じた香織が、喘いで腰の動きを強めてきた。

藤夫もズンズンと股間を突き上げ、二人の顔を引き寄せて同時に唇を重ねた。

「ンン……」

香織が熱く鼻を鳴らして舌をからめ、史絵も厭わず舌を割り込ませた。

二人分の鼻息に彼の顔中と鼻腔が湿って、史絵のレンズも曇り、たちまち肉襞の摩擦と締め付けで絶頂が迫ってきた。

すると史絵が彼の手を取り、自分の割れ目に導いたのだ。

藤夫も愛液に濡れた史絵の柔肉を探り、ヌメリを与えた指の腹で、小刻みにクリトリスを摩擦してやった。

「アアッ……！」

二人が同時に口を離し、熱く喘ぎはじめた。

香織の吐き出すシナモン臭の息に、寝起きで濃厚になった史絵の花粉臭が混じって悩ましく鼻腔が掻き回された。

「唾を飲ませて……」

藤夫が、股間の突き上げと史絵のクリトリスへの愛撫を続けながら言うと、二人も喘ぎを堪えて懸命に唾液を分泌させ、順々に迫るとトロトロと彼の口に吐き出してくれた。

彼は混じり合った生温かな唾液を飲み込み、うっとりと酔いしれた。

「顔中にも吐きかけてヌルヌルにして」

高まりながらさらに迫ると、二人も遠慮なく形良い唇をすぼめ、ペッと強く吐きかけてくれた。真菜のようにためらいがちではなく、二人とも強く吐いてくれるので彼の興奮が激しく高まった。

かぐわしく悩ましい吐息とともに、小泡の多い唾液の固まりが藤夫の鼻筋や頬、瞼まで濡らすと、二人は言われるまでも泣く彼の顔中にヌラヌラと舌を這わせはじめてくれた。

「ああ、気持ちいい……」

藤夫はミックス唾液で顔中ヌルヌルにまみれ、やがて二人の舌が彼の鼻に集中すると、二人分の吐息と唾液の匂いに肉襞の摩擦で、ひとたまりもなく彼は昇り詰めてしまった。

「い、いく……！」

突き上がる絶頂の快感に口走り、同時にありったけの熱いザーメンがドクンドクンと勢いよくほとばしると、

「い、いいわ……、アアーッ……！」

噴出を受け止めた香織が喘ぎ、ガクガクとオルガスムスの痙攣を開始した。

「き、気持ちいいッ……！」

するといった一定のリズムでクリトリスを愛撫されていた史絵も、ほぼ同時に声を上げてヒクヒクと絶頂に達したようだ。

三人が昇り詰め、あとは快感に熱く喘ぎ、身悶えるばかりだった。

藤夫は収縮の中で、心ゆくまで溶けてしまいそうな快感を味わい、最後の一滴まで出し尽くしていった。

「ああ、もういいわ……」

史絵が腰をよじりながら過敏になったように言うので、ようやく藤夫もクリトリスから指を離し、香織の膣口への突き上げも弱めていった。

「アア……、すごかったわ……」

香織も満足げに溜息混じりに言い、肌の強ばりを解いてグッタリともたれかかってきた。

史絵も横からピッタリと密着し、息を弾ませて余韻を噛み締めていた。

藤夫は、まだ名残惜しげに収縮する膣内でヒクヒクと過敏に幹を跳ね上げ、二人分の混じり合った濃厚な吐息を胸いっぱいに嗅ぎながら、うっとりと快感の余韻に浸り込んでいった。

やがて三人で呼吸を整えると、香織がノロノロと身を離し、ティッシュで割れ目を拭いながら、彼の股間に顔を寄せてきたのだ。

すると史絵も同じように移動し、まだ愛液とザーメンにまみれ、淫らに湯気を立てている亀頭に、同時に舌を這わせてきたのである。

熱い息が混じって藤夫の股間に籠もり、それぞれの舌が先端やカリ首に這い回り、二人は代わる代わる亀頭にしゃぶり付いては、代わる代わる吸い付きながらスポンと口を離した。

「アア……」

微妙に異なる感触に包まれ、藤夫は熱く喘いだ。もう無反応期は過ぎ、新たな刺激に彼自身はムクムクと回復していった。

「すごい勢いね。今度は史絵さんが入れるといいわ」

「ええ、でも一度身体を流したいです」

香織が言うと史絵が答え、やがてペニスのヌメリを二人で舐め尽くすと、三人が身を起こしていった。

全裸のまま部屋を出ると、二人の息が白く揺らめいた。そして寒い廊下を小走りに進み、三人で風呂場に入った。

湯を浴びて身体を流し、美女二人は広い浴槽に並んで浸かって体を温めた。

藤夫は体が火照り、ましてメガネを外した史絵の新鮮な素顔に、すっかりピンピンに回復していた。

やがて二人が湯から上がると、座っている藤夫の左右に立ってくれた。

「浴びせてほしいんでしょう？」

香織が言い、二人で彼の両肩を跨ぎ、顔に股間を突き出してきた。

藤夫も左右から迫る割れ目を交互に舐め、舌先で奥の柔肉を探った。

恥毛に籠もっていた匂いは消えてしまったが、二人とも新たな愛液を漏らして舌の蠢きを滑らかにさせた。

「出るわ……」

先に香織が息を詰めて言うなり、チョロチョロと熱い流れをほとばしらせてきた。

続いて史絵も勢いよく出し、彼の肌に浴びせてくれた。

藤夫は交互に顔を向けて舌に受け、味と匂いに高まりながら喉を潤した。

二人同時だから、片方を味わっている間は、もう一人の流れが温かく肌に注がれている。

「ああ、いい気持ち……」

史絵が放尿しながら声を洩らし、やがて二人ともほぼ同時に流れを治めていった。

藤夫は濃厚に混じり合った残り香の中で、それぞれの濡れた割れ目を舐め回し、余りの雫をすすった。

「もういいわ、お部屋に戻りましょう」

香織が言って股間を引き離し、史絵も湯を汲んで三人の身体を流した。

身体を拭き、また急いで部屋へと戻る。

こうした日々が、一体いつまで続くのだろうかと、文夫は布団に横たわりながら思った。

まだまだ合宿の日程は多く残っている。

二人の美女がいるのだから、飽きることはないだろう。

それに、たまには恵利子も来ることだろうし、当分は藤夫も三人を堪能できるに違いない。

そして東京に戻れば、また美雪や真菜の母娘とも出来るだろう。

「さあ、朝まで楽しみましょう」

香織が言うと、仰向けになった藤夫の股間に、いきなり史絵が跨がり、ヌルヌルッと先端を膣口に受け入れていったのだった。

「アアッ……、いいわ……！」

史絵がピッタリと股間を密着させて喘ぎ、キュッときつく締め上げた。

香織も添い寝し、横から肌を密着させてきた。

まだまだ夜は長い。

藤夫は朝までとことん二人の美女を味わおうと思い、身を重ねた史絵と横の香織を抱き寄せたのだった……。

（了）

※本作品はフィクションです。
作品内の人名、地名、団体名等は
実在のものとは関係ありません。

長編小説
古民家みだら合宿
睦月影郎
2024年12月23日　初版第一刷発行

ブックデザイン……………………… 橋元浩明(sowhat.Inc.)

発行所…………………………………… 株式会社竹書房
〒102-0075　東京都千代田区三番町8－1
三番町東急ビル6F
email：info@takeshobo.co.jp
https://www.takeshobo.co.jp
印刷・製本……………………… 中央精版印刷株式会社

■定価はカバーに表示してあります。
■本書掲載の写真、イラスト、記事の無断転載を禁じます。
■落丁・乱丁があった場合は、furyo@takeshobo.co.jp までメールにてお問い合わせ下さい。
■本書は品質保持のため、予告なく変更や訂正を加える場合があります。